第一书记

精准扶贫的"一线战斗员"

刘道云 著

江西人民出版社
Jiangxi People's Publishing House
全国百佳出版社

图书在版编目（CIP）数据

第一书记 / 刘道云著 . -- 南昌：江西人民出版社，2019.5（2020.7 重印）

ISBN 978-7-210-11353-9

Ⅰ.①第… Ⅱ.①刘… Ⅲ.①长篇小说—中国—当代 Ⅳ.① I247.5

中国版本图书馆 CIP 数据核字（2019）第 097462 号

第一书记

刘道云　著

责任编辑：吴艺文
封面设计：同异文化传媒
出　　版：江西人民出版社
发　　行：各地新华书店
地　　址：江西省南昌市三经路 47 号附 1 号（邮编：330006）
编辑部电话：0791—86898470
发行部电话：0791—86898815
网　　址：www.jxpph.com

2019 年 5 月第 1 版　2020 年 7 月第 2 次印刷
开　　本：787 毫米 × 1092 毫米　1/16
印　　张：13.5
字　　数：200 千
ISBN 978-7-210-11353-9
赣版权登字—01—2019—190
版权所有　侵权必究
定　　价：36.00 元
承 印 厂：三河市同力彩印有限公司

赣人版图书凡属印刷、装订错误，请随时向承印厂调换

一

霞染村村委会的大门口，一大早就围满了人，有人怀里抱着老母鸡、有人手里拎着一篮篮的鸡蛋。

"懒汉"刘富强坐在大门口，腿上摆着几张纸，村民们你一百、他两百地交到坐在他身边的杨梨花手上，刘富强记着数。

王老六招呼着大家："乡亲们！都别挤，一个一个来。今天啊，我开车去省城，一定把大家的心意亲自送过去。"

张老汉怀里抱着两只老母鸡，使劲往队伍的前面挪了挪，咳嗽着，"老……老……老六，不管……不管你那个车能坐几个人，也捎上我一个。"

村小的老师领着一帮孩子，呼啦啦地涌了过来，一进门，老师就冲着刘富强问："支书呢？"

"在枫树坳铺水泥路没回来，电话联系不上，联络员小胡请陈老四去喊了。"

"'懒汉'给，记上，这是我们村小老师和孩子们凑给何伯伯治病的，多也好、少也好，也是老师和孩子的一片心意。"

陈老四心急火燎地跑到枫树坳，一见村长劈头就是一句："哎呀！你们两个真是官当大了，电话一个人都不接。"

支书掏出自己的手机一看，说了声："你没见这正在铺水泥吗？我们想着今天把这活干完，明天好去省城医院看丰华书记。"

"我过来喊你们回去，也是为了这事，快回去看看吧，村委会的院子里都快装不下人了。"

"什么情况？"

"全村的父老乡亲们都自发地到村委会来凑钱，嚷着要去省城看丰华书记。张老汉还嚷着要和王老六的车一块儿去呢！这不，联络员小胡要我赶快请你们回去劝，他都那么一大把年纪了，去省城那么老远的路，他可折腾不起。"

"走！快走！"

没等一行人到村委会，远远地就能听到院子里那七嘴八舌的声音，田嫂的嗓门最大，"王老六！你那车上我定下个座，你要是不拉上我去看何书记，你就别想出这霞染村的门，你就帮我拉着去就行，回来我要我儿子送。"

"何书记可是咱霞染村贫困户的恩人！"杨梨花跟着嚷道。"他给咱村上做的好事，有口皆碑，我看一会等村支书回来，咱们大家伙雇个大车过去，雇车的钱我出！"

村长一听，立马搭话道："这钱我出！"

村民们一听到村长的声音，一窝蜂地围拢过来，你一言我一语地议论着。

联络员小胡看着这阵势，拉着支书的手说道："你快劝劝乡亲们，大家伙都赶到省城去看何书记，心情可以理解，但是，何丰华要是知道了，是一定不会高兴的。因为，他那为人，你我是最清楚不过的，他平时对自己要求那么严格……"

说着说着，他那眼圈红润了，"支书，就算我替丰华书记求你了，劝劝乡亲们。"

支书叹了口气，拨开围着的人群，站在那桂花树的花坛上，对着乡亲们大声地喊道："大家都静静！听我说两句话，今天，大家来到村委会，聚在一起，都想去省城看我们的驻村'第一书记'何丰华，令我感动，这

充分证明了咱霞染村的父老乡亲们,是重情重义的、是知恩图报的。但是,乡亲们,何书记要是知道大家都要去看他,是一定不会高兴的,因为,他身为一名共产党员,一直以来都严格要求自己,无时无刻都心系广大人民群众。所以啊,我在这里代表何书记感谢大家对他的深情厚谊……"

刘富强没等支书把话说完,"支书,你不用说了,我们大家伙都明白,今天去省城去看何书记啊,大家伙都是诚心诚意的,谁劝也不行,一准要去。"

王老六也喊着:"这样的好书记,我们不去看上眼,心不安,大家伙也不放心。"

人群中不知是谁发出了抽泣声,不时地传来:"菩萨保佑啊,保佑何书记,好人一生平安。"

支书感动着,泪水不由自主地滑下了脸颊,他斩钉截铁地说:"乡亲们,我做你们的代表,去省城看望我们心目中的好人,一定把你们的问候,亲自带给他。大家伙都去,是不合适的,因为,何书记也需要休息,他太累了……"

二

江南的秋总是在你不经意间,伴着一朵朵菊花绽放时把秋的气息悄悄传递。仿佛在一夜之间,山野层林尽染,田野金黄,遍地黄花分外香。

年仅四十七岁的何丰华2015年脱掉了他那穿戴了25年的戎装,走进古城城市管理局,担任稽查科副科长。当初转业时,他本有很多的选择,但他心系革命老区。

2013年11月3号，习总书记考察湖南花垣县时，他还在部队，那报道他看了一遍又一遍，心想：我要是能参加这惊世伟业的战斗该有多好！2015年刚刚安置好岗位的何丰华，立刻就奔向了精准扶贫的战场。

古城的清晨，天刚蒙蒙亮，环卫洒水车那悦耳的音乐从远处传来。何丰华习惯地从床上翻身爬了起来，穿戴整齐，准备出门去完成他已经坚持了多年的晨练。

妻子略带责备地数落道：

"你都转业到地方了，还起那么早干吗？地方上又不要出早操，你也不知多陪我睡一会儿。"

何丰华却笑着告诉妻子：

"噢！昨天没来得及告诉你，也没跟你商量，组织上让我去霞染村搞精准扶贫，任'第一书记'了。你想一想'第一书记'是村支部的领头人，到乡村去还能每天都睡懒觉吗？"

妻子听他这么一说，没好气地说道：

"这么大个事，你也不跟我商量商量就答应了。老何啊！不是我笑话你，你就是一个打拼吃苦的命。在部队25年，你是从士兵干起，立功受奖，一步一个脚印地干到了副政委。那会儿咱们两地分居，我指望不了你，遇到难事，只能把一份怨气撒在信笺里、带孩子孝敬老人，里外都是我打理着，这会儿来到了地方，我想着你应该为这个家尽点力担点责了，你却又要去驻村扶贫。你看我这个大肚子，女儿读书要接送，爹妈年岁也大了，你就不能跟组织上说点啥？回到地方你还要从基层干起吗？"

"哎，老婆，这不是组织安排我去霞染村当'第一书记'了嘛，这就是高起点！这就是党的信任！"

妻子听何丰华这么说，只得翻了个身，没好气地说了一句：

"唉！你这头犟驴，我知道你一旦认准了，九头牛都拉不回。唉！我也只好认命。"

何丰华听罢，说了声："我去跑步了。"便下了楼。

八月，秋风中摇曳着丹桂的浓香，他一路慢跑一路沉思："第一书记"，从今天起我就是霞染村的"第一书记"了，我这一去是要去扛起全村脱贫致富的大旗的。妻子抱怨也不是没有道理，我这屋里怎么办，妻挺着个大肚子，八十多岁体弱多病的父母，还要妻子一个人照料，他们更需要我留在身边照料呀！想到这，他的脚步不由自主地慢了下来，洒水车从他身边经过，溅起了水花，他也不知道躲闪，水淋湿了裤管，打湿了那双穿了多年、已经有些破烂的运动鞋。然而，就是这水柱唤醒了何丰华这位湖南汉子骨子里吃得苦霸得蛮的气概。

何丰华自言自语地告诫自己：

"我是一名在军营里摸爬滚打、努力拼搏拼出来的党员干部，1990年12月我怀着一颗好男儿报效祖国的雄心壮志走入了军营；在党的教育培养下，1993年9月以优异的成绩考入了南京炮兵学院；毕业后，党指向哪里我就冲向哪里，不管是在基层当排长、连长，还是在机关做视频室主任、团副政委。自己成长的每一步，都是紧跟党的步伐，不忘初心、牢记使命。无时无刻不用一名共产党员的标准严格要求自己，是党把我这个从大山里走出来的孩子，一步步培养成为一名优秀的指挥员。"

他暗暗下定决心：跟党走、不回头，一定要在这精准扶贫战斗中做一名英勇的战斗员、合格的驻村"第一书记"。

在入党宣誓时就立下过誓言——"听党指挥"！屋里的困难是小家，霞染村的贫困乡亲是大家，要带领他们摆脱贫困致富，用自己的星星之火点燃那片土地。

他想起了习总书记亲临十八洞村,想起了全国各地驻村的"第一书记",想到了脱贫攻坚、星火可以燎原,脚下的步子也开始加快了。

太阳冲出了东山山顶,洒向了古城。马路上来往的车流使这个北边的城镇,彰显着勃勃生机。

改革开放四十年来,高耸入云的写字楼林立,与古城标志性建筑——钟山学校遥相辉映,给这全国著名的贫困革命老区县增添了浓墨重彩的一笔。

跑着跑着他下意识地看了一下手机,已是吃早饭的时间,便迎着朝阳向家里奔去。

刚洗漱完,妻子便挺着大肚子,将一碗热腾腾的面递到他的手上,略带责备地嘟囔道:

"今天就要去村里了,也不知道准备准备行装,带点什么。一大早还去跑步,唉!你还是改不了在部队里的生活习惯。锻炼身体虽然是好事,要出门了,准备东西也是个大事。"

何丰华一边大口地吃着面一边说:

"当兵的出门,没那么多啰唆事,一个口杯、一条毛巾、一个背包、一个脸盆就够了。"

妻子绷着脸,没好气地斥责道:

"那可不行,还当自己年轻嘞,霞染村我听别人说过,那地方距离县城虽然不太远,交通还算方便,但却是古城条件比较差的地方。你这个人我还不知道,去那里做驻村'第一书记',就你那性格,忙起来什么事都忘了,一准是'三过家门而不入'。我这挺着个肚子,也没办法去给你打理什么,平日里在家不是我照料你,怕你连三餐饭都弄不到嘴里去。你去那可要学会照顾好自己。"

"好了，老婆，你就别唠叨了，我会照顾好自己的。"放下碗，说了声"我先去单位"便走出了家门。

何丰华径直来到了局长张国梁的办公室，开口第一句话："局长，我已经准备好去霞染村，请问什么时候出发？"

张局长尽管与何丰华共事，但他从没有认真打量过这位转业到局里时间还不算长的部下，只见他浓眉下闪烁着一双炯炯有神的大眼睛，一米七零的个头儿，穿着一身得体的职业装，显得精神抖擞，彰显着干练与军人特有的气质。

何丰华见张局长一直看着自己默不作声，又补上一句：

"局长，您放心，我家里的事都安排好了，一会儿把手头没办完的工作再交接给其他同志就可以动身了。如果还有什么问题您可以叫他们打我的电话联系就是了，误不了事。"

张局长被他这番话感动了，在他心目中，走出机关去乡村，一些同志是不愿意的，总能找出一百个理由推脱，而眼前这位刚来到地方不久的转业干部，昨天说了声请他考虑一下，今天一大早就来请缨了，实在是令他意想不到。

他起身拉过何丰华的手，紧紧地握在一起，拉他到沙发上坐下，促膝交谈起来，张局长关爱地问道：

"老何啊，家里都安排好了？听说你爱人怀孕了，你走了谁来照顾她？女儿也开学了，你走了谁送她上下学，我也知道，你家里父母都年纪大了，又跟着你生活，身体也不太好，你就不再多考虑一下了吗？"

"哦，谢谢组织上的关心，张局，昨晚我已经反复地考虑过了，今早才和我爱人沟通好。这些都是家里的生活琐事，您不必担心。我爱人很能干，

早些年我在部队上,家里都是她一个人弄的,里里外外一把手,我在不在家都没关系。我说您还别不信,嫁给军人的女人就是能干,也特别能吃苦,而且心态也特别的坚强,特别是我去扶贫,她很理解我的。"

张局长一边听一边连连点头:"老何啊,昨晚我也辗转反侧,站在组织层面上,根据你的家庭情况,我应该安排别的同志去驻村。但按照党的要求,要选派能力强、能吃苦,确实能引领广大贫困群众、闯出一条致富路的精兵强将打赢这场脱贫攻坚的硬仗。党委会上几经选拔,优中选优,同志们一致认为这'第一书记'非你何丰华莫属!"

听完张局长这番发自肺腑的话,何丰华起身给张局长敬了一个标准的军礼:"请领导放心,保证完成任务。"

张局长又把他的手拉过来握在手上,笑道:

"你先别急,老何啊!你要去的这个霞染村,早年我在农村工作的时候,对那里的情况多少还是了解一些的。它是由几个自然村合并而成的,如果我没记错的话,与其相邻的村有山口村、黄源村、钱家村、龙门村,这个地方的自然条件特别的好,你到那就可以感受得到,真可谓山清水秀、民风朴实,家家户户自古就有种菜的习惯,在古城里担担卖蔬菜的,你随便问上一声,一般都是这个地界的农民。那里种出来的甜椒、芹菜、毛豆,比其他地方的土质种出来的就是好吃一些。而那地方有个传统习俗,发绿豆芽、种韭菜可谓是咱们这个地方的一大特色,你去以后啊,在这方面,可以作为突破口、做文章!"

听完张局长这番介绍,何丰华心里对霞染村有了个大致的了解。

没等何丰华开口,张局又斩钉截铁地说道:"组织上选派你去,到了霞染村,遇到什么困难,及时回来汇报,我也是咱们局扶贫攻坚任务的第一责任人,我将举全局之力,不折不扣,与你一同打好精准扶贫攻坚战!

老何,回去跟你爱人说,家里有什么要帮忙的,直接打电话过来找我,你不在家的这些日子,我们会做好后勤工作。"

三

霞染村位于古城以北、距离县城35公里的地方。何丰华坐在车上,没有多观赏一眼窗外飞驰而过的市景,心里盘算着:"第一书记"到任后要开展的第一项工作从哪里入手?以什么为抓手?他设想着:扶贫先扶志、扶贫先立规,扶贫必须从党的基层组织建设入手,统一思想认识,发挥党组织在扶贫工作中的绝对领导作用,号召每一位党员干部深入乡村、走村入户。摸底子、找原因、出点子,为脱贫致富掌握第一手资料,摸清底子是关键。

冲锋号的手机铃声打断了何丰华的思绪:

"喂!是丰华同志吗?请问,您到了什么地方?村支两委与会的人都到齐了。"

"噢!我大概还要20分钟才能赶到,您是?"

电话的那头却传来"嘟嘟——"的忙音。

村支书放下电话,对大家说:"'第一书记'还在路上,大概要20分钟才能到,大家耐心等一会。"

会计陈老四立马开口道:"我听说新来的这个驻村书记,是个军转干部,在单位上没有上班多久。"

有人立马附和道:"那一定是来了个穷书记啊,军转干部,又不是什么大老板,还要带领别人致富,看来没什么本事,他要是有本事自己就不

会穷了。一个连自己家都致不了富的人怎么能让别人富？"

"以前不是说市里要派哪个国企的一把手来吗？还说是带了很多资金来的，这何书记怕是没带多少钱来。"

"咱们这个村集体经济基础薄弱，又没有什么支柱产业，他光来个人，怎么带领咱们村这些人脱贫啊！"

"我在城里听说，很多扶贫干部都是带着项目来扶贫、带着资金来驻村。我看哪，他光来个人，常言道：'巧媳妇难做无米之炊噢。'"

会场里议论纷纷，你一言我一语，好不热闹。

村委会大门口传来了几声汽车的喇叭声，村支书起身出门去迎，说了句："应该是丰华书记的车到了。"会场里立马安静下来。

何丰华轻车简从，赶到了霞染村。顾不得旅途疲劳，他下车后直奔会议室，一进会场连连道歉，"对不起，我迟到了，出城的时候路上有点堵。"

在热烈的掌声中，何丰华在村支书边上落座后，便迫不及待地向村支两委询问，了解村子里党员的数量。摸底子，询问贫困户目前的情况，找出没脱贫的原因以及在扶贫工作中存在的问题。

会议室里，大家畅所欲言，是因为何丰华既幽默，又诙谐的一段开场白：

"同志们好！从此刻起，我就是咱们霞染村精准扶贫驻村'第一书记'了，先说好，我是个穷书记，但能帮助贫困户脱贫致富。刚刚了解了一下情况，我们村上有148户贫困人口，我想啊，他们一定得尽早摘掉贫困帽、踏上致富路。今天呢，我想听听大家对脱贫致富，有什么好点子、有什么好门路。"他的话刚一停下来，底下会场立马有人窃窃私语，掺杂着陈老四的嘀咕声，又听到另外一帮人交头接耳在嘀咕。

何丰华把大家的议论看在眼里、记在心上，心里默默地想着，乡亲们的说辞不无道理，因为他们对"第一书记"是寄予厚望的，又加上我刚刚来，他们不了解我。

　　脱贫攻坚是真枪真刀的实干，又是没有硝烟的战场。如何把党的关怀送到千家万户，温暖贫困人口的心窝，光靠满腔的热忱是不行的，要点燃这星星之火，看来自己要经受一番考验。

　　村支书嘴里叼着一支烟，一直默默地望着何丰华的脸，揣摩着这位刚到任的"第一书记"的心理活动，观察着他对大家你一言我一语的反应，似乎在说：何丰华来到我们霞染村你行吗！

　　何丰华想着想着，或许是自己身体有些不适，起身和旁边的同志打了个招呼：

　　"我去方便一下。"于是走出会议室。

　　恰巧一片飘落的樟树叶掉在了他的头上，他顺手拈在手上，那叶子一半发红、一半还留着老绿。

　　他一边往走廊的断头走着、一边落寞地自嘲道：

　　"我没那么胆小，一片树叶就能打倒我吗？"

　　又自言自语道："何丰华，你是戎马一生的人啊！"

　　回到会议室，他清了清喉咙，问村支书："大家都说得差不多了吧！"

　　"嗯！差不多了。大家都等着你发言呢！"

　　"好，那我就再说两句。同志们！刚刚大家的发言我都认真听了，也了解到了我们村上所存在的问题和遇到的困难——基础设施跟不上，资金短缺等实际情况。下一步啊，我们就以解决这些难题为出发点开展工作。希望大家齐心合力，拧成一股绳，多为扶贫工作出点子、想办法、抓落实。今天的会啊，就开到这里。"

　　走出会议室，天色渐渐地暗了下来，秋天的霞染村似乎也跟何丰华过不去，风摇曳着屋外的香樟树，残叶飘零，上一届建整扶贫工作队栽种在

院子里的一池菊花正在这秋风中绽放着。左右两株桂花树，飘溢着浓浓的桂花香。

他把离会的人员一一送出院子里，自己却没有急着离开，他拉着村支书的手说道：

"刚刚会议上的议论我都听到了，看来啊，我们村支两委的思想在今后的工作中还有待于统一认识，比如说：政策认知扶贫不是说装一车钱来分，让贫困户脱贫。"

村支书听了他的话没等他说完：

"何书记，没有钱我们拿什么扶啊？这扶贫还叫扶吗？"

何丰华一听，语重心长地说：

"扶贫是要有钱，但是，我认为扶贫要先扶心、扶贫要先扶志。我看，回去以后你要考虑召开村支两委联席会议。什么时候开？怎么开？要以抓重点落实扶贫对象，每户都要有一名党员专门负责。"

村支书一听这话，心想：何丰华刚到村上就要上手抓组织建设，看来这位姓何的书记是要来真格的，是位有实干精神的练家。

村支书把霞染村从建整扶贫开始，村上摸底盘查出的148户贫困户的情况向他做了一个粗略的汇报，何丰华认真地做着笔记并不时地插话问一句：

"这些，你都经过仔细的了解吗？他们都是因为什么原因导致贫困的？"

村支书把他掌握的第一手资料一五一十地说了一遍，支书自信地打着哈哈：

"我在这村上活了几十年，谁家是个什么情况可以说了如指掌。我没当村支书之前，也是个穷光蛋，出去打拼了十多年，回来后也想带领全村走上致富路。我个人的力量总是有限,挣得的那点积蓄没折腾几年就捉襟见肘了。张家孩子考上大学没学费,哭着上门找我借点;李家的婆婆得了重病,找上门来找我挪点;孙家的房子漏雨要买瓦,找上门来我也得垫给他们哪!都是街坊邻居。唉!这不我也都成了穷光蛋了。眼下,我也是无计可施。只怪我这个村支书无能。"不知不觉,两个人都会意地笑了。

"嘟嘟嘟——"

村支书的手机响起了悦耳的铃声,他掏出来对何丰华说了声:

"不好意思,我接个电话。是我家那口子打来的。"

他滑动了一下面板,电话里传出了一个女人声嘶力竭的声音:

"你死哪去啦!都几点了,还不知道回来!我怕是这么大个村子也不是你一个人的家,村干部又不是你一个人。"

支书没有作太多的解释,只说了句:"新来的书记喊我谈工作,完事儿就回来。"

挂断了电话,放回了口袋里,对着何丰华说了句:"我家那口子不懂事,乡下人。"

何丰华笑着回答:"哪有?是很晚了,对不起!是我把你留得太久了,来,赶紧回去吧!"便拉起支书的手,"我送送你。"

走出门,何丰华望了一眼夜空,一弯秋月早已爬上了高高的山顶,将两人的身影一会拉长、一会缩短、一会儿又洒在田埂上,他们一边走、一边不停地聊着村上的工作没有停息。

谈笑中,不知不觉,村支书说了声:"到我家了,何书记,进去坐会吧!"

"不了!"

何丰华下意识地掏出手机看了一下,已是深夜两点了。

村支书刚要踏进自家的院门,又跑回来对何丰华说道:

"你看我这记性,你今天刚到,路都没带你认识,这么晚了还把我送回来了,这夜深人静的,你又是第一次下来,我得把你送回去才行。要不然,我怕你连住的地方都找不着。"

何书记又把他推到了大门口:

"快进去吧!我是军人出身,别的本事没有,就是会认路。再说了,我按原路,摸也摸得回,要不然我俩还不得张郎送李郎,送到大天光。快进去吧!"

说完,他一转身头也不回,那高大的身影一闪就融入月色之中。

村支书目送着这第一天下来的书记何丰华的身影,在月光下一会变长,一会变短。

四

黎明的曙光在乡下似乎比城里要来得早一些,何丰华犹如又回到了部队,又拾起了军营般的生活。

天刚蒙蒙亮,就起身用凉水洗了一把脸。对着洗脸台上那面镜子刮胡子时,看到了自己那一双布满血丝的眼,心想:这是忘本了!以前可不会这样,在部队时无论到什么地方都是能随遇而安的,昨天晚上就不行。也许是过了一段安逸的生活,也许是昨天的会开得太长了,也许是这"第一书记"肩上的担子太重了,一夜辗转反侧难以入眠吧!

想到这里,他自嘲道:"看来是退化了,才一个晚上,眼睛就变成这般模样了,要加强锻炼才行咯!"他拿起毛巾擦了一把脸,来到屋外活动筋骨,在院子里慢跑了起来。

屋里传来他手机冲锋号的铃声，急忙跑进屋去，一看号码，是妻子打来的。没等何丰华开口，妻子就质问道：

"你到霞染村有一天了吧？电话都没一个，怕是把我们娘几个和一屋老人都忘在脑后了吧！我挺着个肚子、一晚上没睡等你电话，开始还以为我睡着了会有未接电话呢！哪承想短信都没有一个。"

何丰华一听，连忙道歉："昨天开会开得很晚，没顾得上，请老婆大人息怒！"

"算了吧！我还不知道你，出门之前我就料到了会是这样的。"

何丰华没有争辩什么，话题一转问道："你身子没事吧？我还以为你这么早打电话来，是我又当爹了呢！"

"没那么快，你还想着儿子呀，我怕你早忘了呢！"

"哪有，怎么会？"

妻子那边的火似乎消了些，语气也放得平缓了，似乎用祈求的语气道：

"老何，到时候你可得回来陪我去养崽，听到没？你看，姑娘也到了关键时刻，要准备升学考试，二老又出不了门。昨夜我想了一晚，要是突然发作了，谁来帮我？"

"你不用担心，我们一言为定，我一准陪你。"

"哼！这会说得好，保不齐到时又忘了。"

"不会的，一定不会忘的。"他又安慰了妻子几句，电话那边先挂了。

刚放下电话的妻子立马就后悔了：我这就叫他回来，不能等发作时才打电话叫他回来，那怎么行？霞染村离县城那么远，怕是还没等他回来，儿子就落了地。不行！得告诉他提前回来陪我才叫陪。

想到这她拿起电话又给何丰华打了过去，何丰华只是轻描淡写地告诉妻子：

"我刚到乡下,要先摸好贫困户的底子,安排好工作就回来,好吗?"又说了一大堆好话安慰妻子才挂了电话,何丰华的心里很不是滋味儿。走出屋子,昨天还没有来得及看的霞染村的早晨的模样便映入眼帘。

霞染村地处省道635边上,从地理位置上看,交通便利,有着得天独厚的优势,与昨天村支书介绍的情况相吻合。

五

改革开放40年以来,霞染村也开办过一些集体的与个体的企业,但是由于资金,管理以及经营理念上存在着问题,村子里还是有一部分人没有摆脱贫困,比如说:蔬菜种植,由于单打独斗形不成规模,对市场没有抗压能力;养殖业,由于资金短缺,规模小、底子薄经受不住市场的冲击,部分人又重新跌入贫困的低谷。

他一边走一边观察思考:要带领贫困群众脱贫致富,自己也要想办法利用好这地域优势,寻找一条长远的致富路。

他直接来到了村委会扶贫办,其他几个一起来的扶贫队员都围在一起弄早饭吃,见何丰华来了,都热情地打着招呼。队员小吴端起了一碗面、放在他桌上,何丰华一边吃面一边安排工作:

"今天,大家辛苦一下,把昨天会上村里面提供的摸底名单,入户做一个确认,都一一见个面、认家门、结对子、因户制宜找门路。"

大家伙一听这几句话都笑了起来,新闻出版局的小吴和教委来的韩博青笑着补充道:

"何书记的这几句话好记,还很有韵味儿,操作性也强、直观。你看,认家门解释起来也实用，就是认一户贫困对象为亲戚、精准扶贫、责任到户，而我们呢，又责任到人。每个扶贫干部都要指定一户一村扶贫到位。找门路，就是找出帮扶对象脱贫的方法，找准出路、把握方向，致富路上送一程。"

大家聊着、笑着，你一句、他一句，似乎在这个早上便概括出了能给霞染村贫困户领上致富路的16字方针。

何丰华放下碗，村支书也恰好来到了村委会，何丰华叫过他，提议道："请你召集一下村支两委的班子成员马上赶来村委会集个合，把昨天你告诉我的那148户分成几个组，由村支两委的干部做向导，引扶贫干部去落实、认门，晚上回来汇总。这是这周扶贫工作的工作重点。"

又回过头来对全体队员吩咐道："请务必抓紧时间落到实处。"

六

秋阳似火，秋风似剪，扯去了留在树枝上最后的几片残叶。远山被风儿吹红了枫叶，使得绿树与群峦都被秋渲染得色彩斑斓、层峦叠嶂。大自然不会因为这一方山水的贫瘠而改变季节的变换。何丰华为了检验几个月来扶贫工作的成效，亲自带队，逐户走访。

眼看着冬的脚步在这秋风刮过后随之而来了，他心里惦记着村东头李大妈"两不愁、三保障"到位了吗？他要求队员们，冬天来临之际要做出应对寒冷的策略，为来年春季精准扶贫打好基础。

通过大走访，何丰华要想工作落到实处，必须组织落实，必须狠抓制度落实、必须建章建制，对每一次走访建好台账，使精准扶贫在村支两委

工作中成为常态化、制度化，成为每一位两委干部的重中之重。

何丰华结合几个月来掌握的实际情况，开始组织起草《霞染村村支两委联席会议制度》。在霞染村扶贫党建工作中，首先有了制度保障。这个制度的出台对村支两委日常工作中如何协调统一开展工作，加强与广大人民群众的联系提出了明确要求。

制度一出台，何丰华便组织村支两委干部认真学习、贯彻落实。干部们无不拍手称赞，更主要的是通过联席会议制度的实施解决了"四风问题"，制度也成为广大村民监督两委的一面镜子。

冬，在霞染村是随着田野间堆起的一垛垛稻草悄然而至的。

冬的脚步声又告诉何丰华，春节就要来临了。自古以来，霞染村就有舞长凳龙、庆丰收的习俗。

弘扬民族文化也是扶贫工作不可缺失的工作内容之一。活跃乡村文化生活，提高广大人民群众的幸福指数，宣传党的富民政策、惠民政策，鼓舞士气也是精准扶贫必不可少的重要环节。

春节将至，他召集村支两委干部商讨，并提出举办霞染村农民村晚的设想。

会议上，他这个想法一提出，部分干部就提出异议：我们来扶贫，搞村晚要花钱，钱从哪里来？把钱用在刀刃上，让那148户贫困户尽早脱贫才是关键。

面对不同意见以及不理解，何丰华却笑着调侃道：

"红军二万五千里长征路上，红军专门组建的鼓舞队、也就是后来的宣传队，欢歌笑语鼓舞士气。今天，我们更要发扬星火燎原的精神。正如习总书记所说的'牢记使命，不忘初心'，用农村村晚的形式展示脱贫路上广大人民群众的脱贫风貌。宣传、树立在脱贫攻坚战场上的先进典型、致富能手，树立典型，以点带面。"

　　两委干部们统一了思想，大家都觉得：何丰华在治理理念上结合了传统文化，扶正气、树新风，为营造良好的乡村文化氛围动了脑筋。举办霞染村农民村晚，在社会治安综合治理上起到了积极的作用，把平日里参与打牌、赌博、无所事事的村民从牌桌上拉下来，这一举措绝对是可行的。

　　霞染村要举办村晚的消息不胫而走，平日里活跃在乡村广场上的广场舞大妈们更是奔走相告，欣喜若狂，争先恐后地来到村委会报名。

　　黄大妈拉着何丰华的手，激动万分地说道：

　　"何书记，你来到咱们霞染村精准扶贫，还要办村晚，我们这些年过半百的老姐妹们打心眼里高兴。平日里我们自娱自乐，跳的是一个快活，锻炼的是一个身子骨，这村晚上你可得让我们跳给全村人看呐！"

　　何丰华笑着回答道：

　　"这还用说么，你们跳出来的是那农民丰收后的喜悦，舞出来的是这霞染村的幸福生活。我知道，咱霞染村有个传统——舞板凳龙，那可是列入了非物质文化遗产保护名录哦！"

　　"唉，可不是么，老辈们儿年年都挨家挨户地接板凳龙，那个热闹啊！那个喜庆啊！你还别说，这十里八乡的，哪个能跟咱霞染村比啊！何书记，今年你也打算舞板凳龙吗？你呀，一定要参加一个，我保你要快活几天！"

　　"好，我一定参加，跟大家一同热闹。"

　　刚送走黄大妈，退休在家养老的李永新又走了进来。一进门，就拉着何丰华的手，首先认真地做了自我介绍："何书记，我是钟山中学退下来回乡养老的音乐老师，我来是想邀请您参加我们老年合唱队，今年咱村上的村晚我想召集大家排练《我和我的祖国》，别看我们霞染村的老人们是

农民，他们呐，也有一颗奔放的心灵，嘹亮的歌喉。"

何丰华一听，连连点头，"好！好！我一定参加。"

送走了李永新老人，何丰华立马掏出手机，请来了村支书。一见面，便问道："咱们村上有几只管弦乐队？跳广场舞的大妈有多少支队伍？平日里村里的文娱活动有专人组织吗？今年办村晚怕是要确定一个人专门来管这个事儿。策划、报名、节目审定，还要做一个具体的实施方案才行，你看村支两委哪个有这方面的特长？尽快成立村文化站和农民书屋。"

村支书听到这些，一边用右手挠着头，一边笑呵呵地对何丰华说道："这可是个难题，我没有文艺细胞，以往村里的社火活动都是由村里德高望重的老人们自发操持的，舞个板凳龙，抬个菩萨游乡，他们吆喝一声就能组织得井井有条，有板有眼。那是咱们村上的习俗，这村晚，还真没弄过，也不知道怎么弄。它跟咱们村里边人娶媳妇、嫁女、寿宴、唱堂会一定是有区别的。何书记，你看这样，咱扶贫工作队的同志们都是多才多艺的才子，看能在他们中间找个懂点行的人管这事儿行不？反正到时候你要我们干啥我们就全力以赴地协助。"

何丰华见村支书这么说，便喊来了工作队的其他几位同志，笑着问道："你们谁有音乐细胞？谁组织或参与过演出？"

何丰华的话刚一出口，几个工作队的同志头摇得像拨浪鼓，"书记，你这不是给我们出难题么，你如果请我们去卡拉 OK 唱唱歌娱乐娱乐那还好。让我们组织村晚，这可真的难为我们了。"

何丰华笑道："参与总行吧。"

恰在这时，李永新又闯了进来，后面还跟着几个退休在家养老的干部，何丰华眼前顿时一亮：李老师是音乐老师出身的，他一定有这方面的组织经验和能力，让他负责岂不是两全其美？

他起身给李老师倒了杯茶送到他手里,开口道:"李老,我想跟您商量个事儿,村晚我想拜托您做总策划,总导演,可好?"

李永新爽快地回答道:"总策划我可不行,这得您亲自挂帅。这一说导演吧,只要您信得过我倒是没问题,咱村上办村晚也不会跟央视的春晚去比,全村老少们就图个喜庆、图个热闹,要求就不那么高了。"

何丰华却一脸严肃地说:"李老,咱办,就要办他个红红火火,办就要办他个热热闹闹!咱也要讲究质量嘞。您回去也做个详细一点的方案给我,咱们一同商量怎么弄。主题呀,我看就定在咱霞染村的新人,新事儿,新气象。"

李老师连连点头,"行!那我们几个就回去商量一下,先说下,这总监您可得亲自挂帅哦!"

何丰华笑着应道:"也行!我向大家学习就是了。"

李老师又补了一句:"何书记,你怕是军人出身吧?"

"你怎么知道?"

"本来早上我就想问来着,看你那雷厉风行的劲儿,我猜一定就是。"

"李老师好眼力,没错。"

他又回过头,对着跟他一起来的几位老者,指头不停地点着何书记赞许道:"何书记不瞒您说,我也是从部队文工团转业下来的,咱们还是战友嘞。"

说着,伸出手紧紧地握着何书记的手:"那我回去准备,就不打扰了。"

一帮人把李老师送到门口,望着他的背影远去。

七

村委会的大门口传来了一群人的喧嚣声,伴随着一个女人泼辣的叫骂,"我倒要看看是哪个长了红毛的,我家的贫困户取消了!那会儿借着扶贫的干部到我们家问了个底儿朝天,每年都帮助我们娘俩儿,孩子上学有了学费钱,屋子漏了有了瓦盖。"

叫骂声和着哭诉由远及近,来到了村委会,人也跟着到了村委会的院子里。村上的会计陈老四立马从屋里冲了出来,一脸严肃地呵斥道:"杨梨花!你到村委会撒什么泼?你也不想想,你屋里在这霞染村也算得上贫困户吗?"

杨梨花一听,立马倒在地上,拍着大腿,"我怎么就不贫困了?你到我们家那老宅子看看,那后山墙都要倒了。下雨天,外边儿下大雨,屋里下小雨,刮风天四处漏风。儿子要读书,我有一身的病,我们家那口子都不知道死哪去了、杳无音讯。政府扶贫款是公公婆婆的奶布,别人能吃我干吗不能吃?先前你们把我评上了,现在有人扬言,要把我拿下来,凭什么!"

院子里回荡着她的喊声,村民也都闻声而至。会计似乎理直气壮,起着高腔训斥道:

"你家的低保早就应该没有了,去搬个石头把天砸个窟窿,你家不应该评为贫困户,就是我陈老四说的!"

"我就知道,还是你这个挨千刀的给嚼舌头了。今天我跟你说不着,我要找新来的'第一书记'评评理,给个说法。哪个是何书记?我是来喊冤的!你可得给我杨梨花做主啊!主持个公道。"

一直在人群外围了解情况的何丰华上前拨开人群，弯腰扶起了杨梨花，不愠不火地说道："我就是何丰华。有什么情况到屋里说好吗？"说完，从口袋里掏出一包纸巾，抽出几张递到她手上。

村长这时候也走了过来，拉着她的手在她耳边耳语了几句，告诉她："贫困户的帽子不是谁想摘就能摘的，哪个村干部说了都不算。要群众评议、张榜公示、上级核准、才能定下个贫困户。没有的事，快回去吧。"

而后又大声地训斥道："你先回去！你屋里的事儿我都知道，今天没空。听劝，快回去，别人嚼耳根子、传老婆舌，都是些没影的事。你在这瞎胡闹，不就成了'此地无银三百两'了吗？快回去，别在这儿瞎胡闹。村里的事儿你也不是不知道，在这儿瞎胡闹不会有好结果。"

"我就是要跟陈老四他舅子比！"杨梨花一边说着喊着，"我就是要跟陈老四他舅子比"，那声音从村委会的院子里渐渐地消失在田野上。

何丰华目送着她远去的背影，转身恰好望见会计陈老四还立在院子里，喊了句："陈会计，到我屋里来一下。杨梨花家是个什么情况？"

"是这样的，很简单，以前她们家两口人吃着低保，具体什么情况我也不太清楚。那个时候是分指标的，她们家的人也常年不住在村上，传说她们有两处房，上边儿来查的时候她们就住在旧房子里，检查的人走了她们又住在另一栋房子里，就是西头那两层的仿欧式小楼。这次搞精细摸底，建档立卡，有人到村里面反映说，她不能当建档立卡户，我就说了一句，等上边来精细核查的时候就停了她家的低保金。"

"我怎么没听说还有这事儿？你这不是不负责任吗？低保金是国家的钱，不经过考核验收，谁都无权建议停谁的卡。你带我去看看。"说完，他叫上另外两个队员，向村西头走去。

穿过两条小路，隔着一片稻田，陈老四指着山脚下、一栋仿欧式的两

层小楼给何丰华看:"那就是杨梨花家的新楼,建了已经有两三年了。"

说完又指着东头两栋民宅间夹着的三空土屋说:"那就是她们家的老屋,平时就在里边儿养鸡喂猪放些杂物。表面上杨梨花是个寡妇,带着个读高中的孩子。孩子他爹是个泥水匠,早年去福建打工了,一去很多年都没有音信。听熟悉的人说,他在那边儿搞房地产赚了大钱,另外有了家室。听说前两年他突然回来,拿了一大笔钱给杨梨花,逼着她离了婚。她就一直住在这旧房子里,与儿子相依为命。近两年不知怎么的,她就和村上种植蔬菜的大户王卫平凑在了一起,两个人操持着盖了个洋楼。别看王卫平就是个种蔬菜的,他可是我们这村子里第一个开上小车的人嘞!杨梨花也帮着他经营着这蔬菜买卖。她性情泼辣却也能干,在销售的时候讨价还价可是把好手。一开始的时候杨梨花是帮王老六打工的,这一来二去怎么就钻到被窝里去了,这就谁也说不清了。"

"别说这些没用的,王老六有家室吗?"

"没有。王老六早年是个木匠,曾经也娶过一个如花似玉的姑娘叫凤娟,养了一对儿女。改革开放初期,民工潮风起云涌的时候也下了广东,凤娟把孩子托付给公婆,这一去就是五年。到外面看了世界的她,回来后左看王老六不顺眼,右看王老六太土气,便领着一个女儿回了娘家,就再也没有回来过。"

"哦,是这样。"

"何书记,在农村,特别是像我们这样贫穷落后的农村,这样的事儿多了去了。"

何丰华听完陈老四这段话,心想:说来说去,不是因为别的,而是因为穷。穷人思变,水往低处流,人往高处走。这也是人之常情啊。"走,带我走进看看。"

泼妇告状

走过田埂，来到了杨梨花的屋门前，里面传来剁猪草的声响还有一个女人的说话声，一听就是杨梨花在自言自语地说："不知道哪个挨千刀的，在背后嚼舌头，我们娘俩拿那几百块钱的低保钱，又不是谁家施舍的，是国家的政策要给的，没碍着谁呀！听说陈老四他舅子，有车有房有婊子，三口人都吃低保，要不是今天村长拦着，我今天非得给他们放个大炮不可。他舅子就合乎政策了吗？唉，真是人善被人欺、马瘦被人骑。"

何丰华站在院子里喊了一句："屋里有人吗？"

里面又传出杨梨花的声音，"有，进来吧。"

何书记等一干人推开了半掩着的堂屋门，一股煮猪食的味道扑鼻而来，杨梨花坐在那儿没动，手里攥着一把干红薯藤，坐在那儿用力地剁着。见何书记进来也没起身，嘴里哼了一句："低保钱都没了，你们还来找我干啥？没有那几百块钱，也饿不死我们娘俩。我今天去你们那儿，只是想要个说法。"

"您别着急，我是来你们家看看，了解下情况。"

"来，我带你们看看我这房子，这房子是一九五三年孩子他爷爷的爷爷留下来的。"

"哦，时间挺长了。"

何丰华领着一干人从东厢房看到西厢房，又钻到了房子的西头，几根粗大的木棍顶着山墙，杂屋猪栏里几头猪在嗷嗷地叫着，围栏里几只鸭子、十多只鸡悠闲地刨着土，院子里收拾得很干净。转了一圈给他的感觉是，这杨梨花绝对不是个好吃懒做的女人，从厢房的地板到煮猪食的锅盖都可谓一尘不染。为什么陈老四会有那么一大堆说辞呢？

回到了堂屋里，对着杨梨花端详了许久，只见她扎着一头马尾，柳叶眉，瓜子脸。如果不是因为生活的摧残与磨砺，年少时一定也是个俊俏的女子。

就是当下，穿着那一身算不上时尚却色泽搭配合理、洗涤干净的素装，也彰显了几分中年女人婀娜的风韵。

杨梨花见何书记看着自己不说话，冲了一句："你不是来了解情况的吗？看我干啥？实际上我也知道你们想了解什么，不就是村子里都在传我跟王老六那点事儿么，他们可是冤枉了好人。王木匠可是个大善人嘞！他看我们娘俩困难，就让我去他的蔬菜基地干活挣点儿钱，前两年孩子要读书，没有学费交，他硬是背着我到学校把钱交了，孩子才能有书读。他儿子早就大学毕业，在省城住着，家里边儿就他一个人。有的时候被子脏了、屋子乱了也没人帮忙收拾，我就隔三岔五去帮他收拾收拾、浆洗浆洗，都是邻居之间帮帮忙，村里的长舌妇，闲事佬就非说我跟他有一腿，怎么就有一腿了？我倒是想呢，可人家得要啊。这事儿光我说也不行，你们可以到处走访走访、打听打听，也可以问问他本人、说道说道。光听我一面之词也不行，我杨梨花虽然是个妇道人家，没有多少文化，但是守妇道、礼义廉耻我还是知道的，要不然在这村上我还怎么活人呐？"

说完这些，她看了一眼陈老四，张口还想说些什么却又把话咽了回去。

何丰华似乎感觉到了什么，故意岔开了话题，对同来的两位队员说了声："上次摸底入户认门有这户人家吗？"

"好像没有。"

"怎么能好像没有？走，我们再回去好好查查。如果出现这样的问题，那就是我们工作的不实造成的。在我的片区,绝不允许有这样的事情发生！走，回去看台账。"

走出杨梨花的家，冬阳的余晖在山尖上渲染了一抹淡淡的霞，苍竹翠柏都披上了红装。田埂上几头暮归的老牛，悠闲地寻找着回家的路，老农跟在后面，看着工作队的人亲切地打声招呼，会计陈老四有一句没一句地搭着。

突然,一个手里拿着竹苗上了年纪的老人,拉了一下何丰华的手,轻声问道:"你们是去杨梨花家了吗?那可是真正的困难户。"又指了一下会计陈老四的背,细语道:"他可老不是个东西了,领导要心中有数才行。马上就到年根下了,政府也要帮帮她们娘儿俩才对。"

何丰华无法正面回答什么,只是应着:"哦,哦。"

一行人回到村委会已是吃晚饭的点了,何丰华刚刚端起碗吃了两口,手机的冲锋号就响了起来,传来的是妈妈焦急的声音:"丰华!快回来,你媳妇儿发作了,张局长派车把她送医院了。"

何丰华一听,把碗往桌上一推,起身就往屋外走。正好和单位的司机小吴撞了个满怀,小吴一边揉着被何丰华撞痛的胸口、一边笑呵呵地催促道:"何科长,快跟我回去,你老婆去医院了。局长说让我来接你。"

何丰华二话没说进屋提起个包,交代队员们:"我回去两天,你们把手上的工作都抓紧点,过两天我就回来。"

"放心吧!"

"恭喜恭喜,喜得贵子啊!"

"回去代问嫂子个好。"

奔驰的汽车穿过大街小巷,何丰华不知不觉地睡着了,电话的铃声又把他叫了起来,妈妈急促地问道:"你回来了吗?"

"我回来了,在路上,一会儿就到了,放心。"

老人絮叨着:"回来就好,回来就好,回来我就放心了。"

下了车,何丰华三步并作两步地冲到了产房,妻子的呻吟声在走廊上都听得到,护士跑出来问:"谁是家属?"

何丰华立马应道:"我是,我是!"

"恭喜你,生了个大胖小子。快进去看看吧。"

妻子一见何丰华的第一句话:"老何,你又违约了。要不是张局长派车过来送我,我还真不知道怎么办了。张局长呢?"

"在外边儿呢。"

何丰华转身出门在走廊上东张西望,恰好看见张局长从楼梯上走下来,手里拿着一把票据,一见何丰华拱手笑道:"恭喜恭喜,老何,得了个大胖儿子啊。给,这是你老婆的住院手续,我都办好了。我让车把你接回来,你就在家照顾她们娘儿俩几天吧。现在政策允许了,男人也有产假的嘞!"

说完,两人会心地笑了起来。何丰华握着张局长的手道:"我那边儿还真走不开,我把屋里的事情安顿安顿,过两天就得回乡下。我正想跟局长汇报呢,想邀请你去参加霞染村的村晚嘞。"

"呵,搞得不错呀。你这'第一书记'当的是全方位啊。行!全力支持,一定去看。还有什么困难吗?"

"局长,你还别说,这精准扶贫工作啊,在农村,也有很多矛盾。多了的、漏了的、假了的,情况都有。我就纳闷儿了,那些富裕的人们,为什么还争着抢着要戴这贫困帽儿啊?"

张局长收起了笑容,"这个,太容易解释了。金钱作祟,少数人的手就会伸得长了些;权利作祟,少数人思想意识淡薄、党性意识不强,事儿就管得宽了些。前些日子,中央就提出了细摸细查、精准识贫、精准脱贫。老何啊,你的任务更艰巨了,可要保重身体哦。"

"好的,我会注意的。咱们当兵出身的,身体也没那么娇贵。"

送走了张局长,和单位上道贺的人们道了谢,还跟妻子说了几句:"你在这儿等着,我回去帮你弄点吃的。"

"等一会儿,你个大老爷儿们会弄什么吃的?妈妈在家帮我准备了,弄好了会打电话来的，你再回去取。"

"那我打个电话问下弄好了没，想必你也饿了。"

"还算好，上产床的时候我吃了两块巧克力。"

"嗯，我老婆真能干。你这么知道照顾自己，我还挺放心的。"

"这是让你逼的，这么多年，我指望不上你，也总得活吧。生姑娘那年，你在部队上回不来，我没办法，只好跑到娘家去生养。养儿子的今天，你在乡下，我不是也指望不上吗？这辈子，找了你这么个人啊，算我有眼无珠了。"

何丰华没有说什么，面对家人，说什么，他都得认，因为他欠这个家，欠妻子，欠女儿的，实在是太多太多了。他任凭妻子怎么唠叨、发泄她心中的怨气，只能默默地承受着，他为了打破僵局，把一只手放在儿子的小嘴上，逗了逗，对妻子说："大人能吃饭，他吃什么？"

妻子没好气儿地回了一句："他现在还不能吃东西，一会儿用棉签蘸水、润润嘴唇就好了。"

隔壁的产妇取笑何丰华："哈哈，你怕是在家当甩手掌柜的吧。播了种、有了收成却不会蜕壳，看孩子长大了还认你这个爹不！"

妻子立马争辩道："这就怪了，我们家姑娘他连尿布都没换过一块儿，但跟他可亲着呢。怕这就是老古话说的'人亲骨头香'吧。"

何丰华知道妻子这是给自己打圆场，一股暖流袭上心头，鼻子一酸，两滴浑浊的泪不由自主地流下眼颊。

妻子一见，问他怎么了。他搪塞道："可能坐车久了吧，眼睛有点不舒服。"又起身道："我回去给你拿吃的来。"不等妻子回答，他的身影已出了门。

回到家里，老母亲煮的月子菜恰好出锅，他提起就要走，母亲拉住他，

"你在家里吃了再走,没关系的,月婆子慢吃一会儿还好一些。你到那儿要问医生能吃东西的时候才能给她吃。"

何丰华应着:"好。"

老母亲给他装了一碗饭,从瓦罐里给他装了一碗汤,何丰华狼吞虎咽地吃了下去,嘴巴一抹,提着饭盒向医院奔去。他牵挂着病床上的母子,他不想让妻子再做更多的等待。

何丰华来到妻子身边,她已经睡了,也许是生产太过艰辛、也许是牵挂太过劳累、也许是儿子来了她那种知足的心态与满足让她惬意地入了梦乡。

何丰华立在床头,把妻子的手放到了被窝里,凝视着熟睡妻子的那份安详,新生儿无忧无虑的睡相。

临床护理的阿姨告诉何丰华:"你一出门一会儿工夫,她就睡着了,你们男人是不知道啊,做个女人有多难。"

何丰华把手指放在嘴上,做了一个轻声的手势,坐在床边守护着妻子。他刚坐下,妻子就醒了,第一句话就说:"帮我倒点水喝,我渴死了。"

何丰华麻利地倒了一杯开水,又从矿泉水瓶里掺了点凉的,用嘴试了试水温,递到妻子手上,又拿了一支吸管放在杯子里,她轻轻地吸了几口,何丰华打开饭盒,"来,我喂你吃饭吧。老妈给你清炖了鸡汤。"

妻子一边大口吃着,一边问何丰华:"你吃了吗?"

"吃了,我也沾你的光,吃了鸡汤泡饭。"

老婆却说:"来,你再吃一点,我吃不完那么多,我知道你急急忙忙赶过来肯定是没吃饱的。"

何丰华只是笑了笑,"吃饱了,今天就是不吃也能饱的,你给我生了个大胖儿子,我喜都喜饱了。"

八

　　新年的脚步，在人们不经意间的忙碌中逼近了。几天来何丰华跑上跑下为霞染村的基础建设上下沟通着，尽管妻子还在月子里，但是他总是放不下手中的那份工作。有时候清早出家门，到晚上才回来，妻子埋怨道："你这产假休得比我还累。"

　　村子里陆续有贫困户听说何丰华添了大胖儿子，都捎信说要来城里看月子，也就是我们常说的"打三斗"，都被他婉言谢绝了。

　　农历二十三了，正是过小年，何丰华一大早就跟妻子说："我都回来一个星期了，扶贫工作市里边儿正在组织大走访，我得赶快回去。你说，上边领导都来了，我这'第一书记'不在现场，怕是说不过去了。"

　　"唉，你就不能过了个年再走？"

　　"怕是不行，张局长说今天跟我一块去扶贫村。"

　　妻子又丢下一句："你不会连年都在那儿过吧？"何丰华没有回复她，走到床边亲了一下儿子的脸，便出了门。

　　刚回到村上，队员跟他反映，他们做了仔细的调查，杨梨花家的贫困户帽儿还摘不得，是部分人听了一些逸言细语，把她错退了，问何丰华怎么办。何丰华立马表态，有错就纠！

　　另一组队员向他汇报，会计陈老四家的舅子屋里确实是一个富足的村民。何丰华没有立马表态，而是叫来村支书，让他召集村支两委联席会议，让队员们把了解到的情况在会议上通报，大家积极讨论怎么办。

　　会议开得很久，何丰华最后指出："扶贫工作中不允许有水分这样的情况发生，是我们党所不能容忍的。个别同志在基准扶贫工作中政策把控

不严、私心严重，对不符合条件的村民进行扶助，是一种严重的违纪行为，应以纠正并必须追回所得的款项！"

"陈会计，请你去做你舅子的工作，按照今天村支两委会议工作的决定，勒令他把所得的那些不应该得的钱都退回来交还国家。"同时在会上对村支两委的干部再一次强调，"精准扶贫是全国人民共同奔小康的国家战略，每一位同志都不能以任何借口截留分配扶贫专项资金，这作为一条纪律，希望村支两委尽快地把今年村上的经费使用情况向广大村民公布，接受群众的监督以便于纠正偏差。同时我还要把这里发现的问题及时地向上级扶贫办汇报。"

九

第二天一大早，何丰华便赶回了县城。先是找了张局长，把村里发生的情况一一做了汇报，张局长沉思了片刻：

"这样的情况肯定是有的，也是不可避免的。老何啊，在村里工作，一定要依靠当地的党组织和村支两委的同志们，他们对村上的情况可以说是了如指掌的，只有依靠他们，你才能掌握到真实的民情，把党的扶贫政策落到实处。村里边儿裙带关系错综复杂，小农意识严重，姓氏宗族都是影响你正确判断事物的阻力。如果你深入不到他们中间舞大龙的话，他们如果在你眼皮子底下做了手脚，你也不一定弄得清。"

听了张局长的这番话，何丰华才意识到，尽管自己几个月来深入群众奔波走访，但是还是被少数人钻了空子。一个贫困户就那么几个钱，一个小会计就能说不给就不给了，也不用向村支书报告，也不用向谁请示。

他把这番话说给张局长听，张局长笑了笑：

"在农村，偷梁换柱、张冠李戴、暗度陈仓都是那些无良村干部惯用的伎俩。早年我在乡政府任过职，有一些工作在推动的过程中，也遇到过这样的情况。有的村干部在经济利益的分配过程中欺上瞒下截留是常有的事儿，见利忘义也是有的。我还是那句话，农村工作腿要勤、人要实，如果谁要是坐在屋子里听汇报、摆架子，轻车伊始，走马观花，不论是谁，都干不好农村工作的，一定会是问题百出。老何啊，上一次你回来的时候我就想说了的，我们扶贫'第一书记'在工作中要以服务乡村为主，掌握政策的同时要紧紧依靠当地的村支两委及村支书，多给他们出点子、想办法，为全村的基础设施建设出谋划策。这样做的目的我想你是知道的。"

何丰华连连点头，"局长，您是有多年的农村工作经验，又是我们局里精准扶贫工作的第一责任人，要多到村上来转转，指导指导工作才行。"

"是的，年前局里边儿组织所有干部来村上把责任落实到人，与贫困户结对子、认家门、送温暖。你这次回去后把贫困户的基本情况列表发给我，我们还要拿出一个具体的方案来把责任落实到位，落实到每一个结对帮扶干部的身上。同时，你要把今天来我这儿说的情况向县扶贫办做一个详细的汇报。"

会计陈老四参加完村支两委的会议，一散会就急忙给他的小舅子李和贵打电话商量对策。李和贵听完姐夫的话，一副无所谓的样子，安慰道："姐夫，用不着那么着急，你就这么说，我吃低保那会儿家境贫寒，一日三餐都犯愁，家里上有老下有小，孩子要读书，是符合当时的低保户条件的，评上低保户是天经地义不？又不是你给我的，村干部家里面就不能有穷亲戚了？并且你还可以这么说，以前都是靠你周济才勉强度日的，这会儿我还欠你的钱呢，正是在你的帮助下我才走上了这条路，买车是为了跑生意

扩大生产,我那车还是贷款买的呢!不是还欠着信用社的钱么,村上可以去调查的。你这么跟他们说不就结了么?"

"你说得轻巧,杨梨花是拍了大腿到村里面去和你比,你也让我有口难辩啊。我看啊,你还是去跟杨梨花解释解释吧。她不再去闹了,这事儿就好解释。"

"哈哈,姐夫,你那点事儿我早就听说了。解铃还须系铃人,别他妈的自己偷腥不成惹了一身臊,把我抬出来说事儿,还是你自己去解释吧,我不在我姐面前给你下烂药就不错了。"陈老四一听他这话,明知道他是在耍无赖,把电话挂了。

要说他与杨梨花的关系还得从读书那会儿说起。陈老四跟杨梨花是同学,读书那会儿虽然年龄不大,可两个人就朦朦胧胧地谈起了恋爱,事情不胫而走,被陈老四的爸爸——在村上被号称"假秀才"的陈炳清知道了,把陈老四暴打一顿。陈老四也因为此事一气之下便偷偷地约了杨梨花私奔。杨梨花却死活不肯跟他走,说书还没读完,便含情脉脉地说:"你要走我不拦着,不管你在外边儿混成什么样,毕业后我来找你就是。"

时光荏苒,一晃就是三年过去了。然而等到陈老四回到村上,这村上一枝花已经嫁给了泥水匠,年少时的山盟海誓早已不复存在。陈老四一直怀恨在心,认为杨梨花欺骗了自己的感情。先前借着扶贫时,村上给杨梨花评上了低保户,由于工作细致到位,找不出理由阻挠。近两年这杨梨花又跟王老六走得很近,又听那些闲事佬、长舌妇嚼舌根,村里流言蜚语四起,他便抓住了机会,非得要停发她的低保账户。

"第一书记"没来之前,杨梨花也曾到村委会闹了几回,大家都因她与王老六的关系,搪塞了过去,陈老四也到她家里边儿假惺惺地讨好杨梨花。可是尽管她日子过得并不如意,对陈老四只是轻描淡写地丢下一句:"过去的事情就让它过去了吧，谁都回不到从前。"

十

春节期间，正是市场需求旺盛的时候。王老六的蔬菜大棚前停满了商贩们拉货的货车，一片丰收繁荣的景象。从县城回来的何丰华，让班车司机在大棚前踩一脚，自己下了车，径直走进大棚，只见那绿油油的油麦菜铺满菜池，鲜嫩的黄瓜还挂着小黄花，西红柿的藤蔓上结满了丰硕的果实。

一群妇女都忙碌着采摘各类蔬菜。地头的小屋里，一群商贩们围着王老六，乞讨般地哀求着给自己多一些货。何丰华看着王老六双手一摊，"我没有那么多，能不让你们放空回去就不错了。"

商贩们报着自己所要的数字，王老六打着哈哈，一个劲儿地说："哪有那么多？哪有那么多？"

一见何丰华来了，便迎了上去，"何书记，我正要去找你呢。你看我这儿，都挤破门槛儿了。你们搞精准扶贫啊，要扶扶我才行了！我也是'贫困户'啊。"

何丰华听他说自己是贫困户，就笑道："你还贫困呐？"

"嗯，贫困。"王老六煞有介事地说，"我的贫是想扩大生产没资金，倒不是他们的没衣穿、没饭吃。我是要扩大再生产，我需要资金投入。如果你能帮帮我，我也能帮村上的贫困户一点忙嘞。你看啊，这些帮我忙的、那些摘菜的，都是建档立卡户，我都是安排他们做力所能及的活。我多扣几个大棚就能多安置村上几个劳动力来做事，那些家里有困难的人可以到我这儿来务工，不就有了收入么？用你们官方的话说，那可是良性循

环嘞!"

何丰华只是笑而不语。商贩们听王老六喊书记,也都闻声围了过来,听王老六介绍何丰华是驻村"第一书记",便你一言他一语地插话进来:"这个村子可是块宝地啊,不用干别的,光种菜,就能使全村脱贫致富。"

"你到这个村来扶贫,算是来对了!不用干别的,把这蔬菜基地扩大再生产,多投点儿钱,就能形成规模产业。"

有个挺着大肚子、肥头大耳的商贩指着何书记说:"领导,只要你种得出来,你这菜,我一个人包销!包你能赚到钱!"

何丰华一听:"这口气,好大啊。"

"如果你愿意,做得了主,我也可以到你们这儿来投资、入股。"

何丰华没有做出正面的回答,只是对王老六说:"你带我四处走走看看,把你这里的情况跟我说说。"

"行!来,书记。"他指着眼前的十六个大棚,"这个棚里种的是反季节菜——辣椒,除去成本、人工,一季能赚两万多块钱,市场供不应求。"又指着另外几个大棚一一作了介绍。

何丰华频频点头。突然,他指着远处长满杂草的一片闲置的土地问道:"那边还可以盖几个呀。"

王老六摇了摇头,"没钱。"

从蔬菜大棚回来的路上,何丰华的脑海里一直呈现着拉菜的一辆辆卡车、一堆堆商贩、那一排排坐落有序的蔬菜大棚、一群群忙碌的人、特别是远处那一片荒废的农田。他突然心里一亮:这不就是一个好的项目吗?应该可以搞土地流转,入股经营。他脚下的脚步更快了。

一进屋就找来村支书,直截了当地问:"王老六的蔬菜大棚你知道吗?"

"知道,知道。前两年他从外面儿打工回来学了点无土栽培技术,但是那东西投入大，他自己没有那么多资金，我就建议他先在土上种，赚点钱再说。他自己也很有经营头脑，又请了几个和他一起打工的人一起合伙，在村东头自家的责任田里边儿搞起了有机蔬菜种植。你还别说，虽然辛苦，但生意还挺好嘞。"

"那村里边儿对王老六的有机蔬菜农业做了哪些方面的工作没有？"

"创办初期有些土地使用方面的问题他来找过村里，让帮忙协调土地方面的矛盾，别的倒也没什么。原因也很简单，个体经济的发展是以单一形式存在的，有的时候是民不告官不究，大家各干各的。"

何丰华一听，觉得村支书的话不太对味儿，提醒道："他那里能够解决村上的闲置劳动力就业问题，同时也能帮扶许多贫困家庭，传授蔬菜栽培技术。如果以他的有机蔬菜基地为基础，建立蔬菜种植合作社，在自愿的前提下，那一百四十八户建档立卡人员除去因病致贫和因残致贫的几户外，都能够参与到这个合作社里面去。同时，我想着尽快帮助王老六建立起电商平台，同时向市里争取专项资金，把他的有机大棚蔬菜种植做大做强，就可以成为我们霞染村的支柱产业。"

"那太好了！原先我们也想过这方面的问题，但是现在土地都分到了个人，要把土地连成片，有些工作也很难做，个别人目光短浅、鼠目寸光，没有大局意识。农民啊，一锄土、一块瓦，都能争个天翻地覆，工作难做嘞！"

"那你看这样行不行，年后，村支两委对王老六周边的土地进行一次摸底调查，村里面制定霞染村《土地流转实施方案》，以入股的方式，以王老六的有机蔬菜种植为龙头到上级立项开发，解决资金问题。"

"那太好啦！"两个人统一了思想，村支书最后又冒出了一句："我们两个一拍即合，可是到上面立项争取资金，怕也有难度哦。"

何丰华却斩钉截铁地说："再有难度也要把它弄下来。"

何丰华走出村委会办公室时已是第二天早晨,他拖着疲惫的身体,揉着布满血丝的双眼。队员小胡听着他的门响,走出来问:"书记,昨天晚上你房间里一直亮着灯,还听着键盘的敲打声,怕是一夜没睡吧?"

"昨儿晚上玩得晚了点,赶着制定霞染村《土地流转实施方案》,今天要开村支两委联席会议,会上要抛给大家讨论。噢,正好,你起来得早,到我电脑上看看,帮忙修改修改,看有哪些没有完善的地方。"

"好,你抓紧时间休息会儿,我看看。"

两个人一同回到屋里,何丰华打开电脑、导出文档给小胡看,自己靠在床头上,抱着枕头、压在胸口上,嘴里还不停地问着小胡,小胡打开了文档,一排醒目的大字映入眼帘:

霞染村《关于农村土地承包经营权流转的实施方案》

为进一步优化霞染村农业生产要素,加快推进农村土地承包经营权流转,促进农业增效,农民增收和农村发展,根据《农村土地承包经营权流转管理办法》等文件精神,结合霞染村实际,制定此实施方案。

一、指导思想

深入贯彻落实科学发展观,以稳定农村土地承包关系为基础,以有效配置土地资源、促进农业发展、土地增效,村民增收为目标,建立"政府引导、市场调节、农民自愿、依法有偿"的土地流转机制,提升土地规模经营水平、促进霞染村经济、社会、生态效益全面提升,加快发展霞染村现代农业,为全面建设社会主义新农村奠定坚实基础。

二、基本原则

1.坚持基地加农户基本经营模式。

以家庭承包责任制为基础的统分结合的双层经营体制,是党在农村的一项基本制度，推进土地承包经营权流转，不改变农村土地家庭承包经营制度。鼓励农村集体土地的所有权、承包权、经营权相分离，稳定承包权，放活经营权，规范土地承包经营权的流转。土地承包经营权流转，不得改变土地集体所有性质，不得改变土地用途。

2.坚持"依法、自愿、有偿"原则。

土地承包经营权的流转，必须尊重农户的意愿，必须符合有关法律法规和政策，任何单位和个人不得强迫或者阻碍农户进行土地流转。鼓励农户土地中长期流转，流转收益从流转合同签订之日起计算。

3.坚持因地制宜、分类指导原则。

推进土地承包经营权的流转，必须与当地农村生产力发展水平和农业生产区域特色相适应。要根据各村的生产力发展水平、非农产业发展程度和农村劳动力转移状况、分类指导、逐步推进。通过强化村级组织管理及服务职能，加强引导和协调，促进土地的集中流转，努力推进农业适度规模经营。

三、工作目标

到2016年底，当年新增流转耕地面积400亩以上，流转期限在8年以上，林地流转面积1500亩以上，流转期限在30年以上。

四、农村土地流转的主要形式

1.转包。

指承包方将部分或全部土地承包经营权以一定期限转给同一集体经济组织的其他霞染村农户从事农业生产经营。转包后原土地承包关系不变，原承包方继续履行原土地承包合同规定的权利和义务，转包方按转包时约定的条件对承包方负责。

2.转让。

指承包方有稳定的非农职业或者有稳定的收入来源，经承包方申请和

发包方同意，将部分或全部土地承包经营权转让给其他从事农业生产经营的农户，由其履行相应土地承包合同的权利和义务。转让后原土地承包关系自行终止，原承包方承包期内的土地承包经营权部分或全部灭失。

3. 出租（也称租赁）。

指承包方将部分或全部土地承包经营权以一定期限租赁给他人从事农业生产经营。出租后原土地承包关系不变，原承包方继续履行原土地承包合同规定的权利和义务，承租方按出租时约定的条件对承包方负责。

4. 入股。

指实行家庭承包方式的承包方之间为发展农业经济，将土地承包经营权作为股权，自愿联合从事农业合作生产经营；其他承包方式的承包方将土地承包经营权量化为股权，入股组成股份公司或者土地合作社等，从事农业生产经营。

5. 互换。

指承包方之间为方便耕作或者各自需要，对属于同一集体经济组织的承包地块进行交换，同时交换相应的土地承包经营权。

6. 再流转。

通过转让、互换方式取得的土地承包经营权，经依法登记变更后，在取得原发包方同意的基础上，可采取出租、转包、互换、转让、入股或其他符合法律法规和国家政策规定的方式依法再次流转。

五、加强对霞染村土地流转的示范引导

1. 培育农村土地流转主体。

积极鼓励农户依法采取多种方式流转土地承包经营权，鼓励承包农户委托发包方或土地流转中介服务组织流转其承包土地。积极鼓励有资金、懂技术、善经营、会管理的专业大户来霞染村投资经营合作社、农业龙头企业、农业科技人员等多种主体投资效益农业，连片开发霞染村流转的土地。试点推广霞染村土地股份合作制，鼓励霞染村村民以土地承包经营权入股的形式加入农民专业合作社，引导投资主体与流转土地的霞染村农户结成利益共同体。

2. 建设霞染村土地流转服务机构。

霞染村村委会成立以村支书为组长的霞染村土地流转领导小组，并依托乡农经站整合林业、土地、农技等相关站所建立霞染村土地流转服务点（设霞染村村委会），开展土地流转的指导、协调和服务，并聘请上一级2名以上农村经营管理专职人员从事土地流转服务工作，并明确一名村干部为信息员，开展土地流转信息的采集上报等工作。

3. 规范霞染村土地流转程序。

霞染村土地承包经营权流转，必须在协商一致的基础上签订统一、规范的书面流转合同。委托发包方或中介组织流转的，应由承包方出具土地流转委托书，注明委托的事项、权限和期限等。

小胡对每一条款认真地阅读，他自言自语地惊叹道："何书记，你真厉害！一个晚上就能做出如此缜密的实施方案。"却没听到何丰华回答，他一回头，却发现何书记已经靠在床头睡着了。他轻轻地走过去，把他的腿褪去鞋子放在床上，盖好被子。

小胡的举动还是把何丰华弄醒了，他揉了揉布满血丝的双眼，问道："你看完了？还有什么问题吗？"

"我看行，这么详尽的方案要你才弄得出。"

"那你就请村支书过来，请他召集村支两委开会。"

"村支书知道这个事儿吗？"

"昨天我们俩在一起碰了头的。"

"好,那我就去通知,他们来还要一会儿,您再多休息一会儿,你看你眼睛还是红的呢。我先去帮你煮碗面,好了叫你。"

"行,那先谢谢了。还别说,我还真有点儿累。"

刚躺在床上,手机的冲锋号急促地响了起来,他划开一看,是妻子打来的,"老何,今天都是正月二十七了,你还不回来吗?别人家的年货都准备一大箩了,我们家可还什么都没有呢。"

何丰华一听就笑起来,"你别骗我了,我知道我老婆最能干了。年三十的那碗肉早就准备好了,是不会让我担心的。"

"想得美!今年和以往不一样,我带着个孩子,根本出不了门儿,爸爸最近的身体每况愈下,老毛病又犯了。前两天是我妈来帮忙,我才把他送医院里去检查看病,抓了点药回来。不是开玩笑,你真得回来帮帮屋里才行。要不然今年这个年真没法过。你我不吃倒没什么,别忘了,上面有两个老人,下面还有孩子呢。"妻子说着说着似乎有些哽咽了。

何丰华连忙安慰道:"我明天就要回来的,要回局里汇报工作。咱不急好么?"

放下电话,何丰华才记起来,这日子可真快啊,一晃,离过年只有三天时间了。常言道:叫花子都要过个年。无论如何,今天都得回去一趟,不为别的,也该为家人采购一点过年的物资了。

"何书记,面给你煮好了。你是出来吃还是给你端进来?"门外传来小胡的喊话声。

"噢!等会儿,我还没洗脸呢!洗把脸就来。"

"那你可快点儿哦,面坨了可就不好吃了。"

何丰华麻利地洗漱完,搭好毛巾,出来端起碗,就呼噜呼噜地吃了起来,他发现碗底下小胡还给他打了一个荷包蛋,便大声地说:"小胡,谢谢啊!你还给我加了个蛋。"

"你昨晚熬夜辛苦了,吃个蛋补补。不过,书记啊,工作任务再重也要注意休息,我不赞成你这么拼命工作。你也不照镜子看看,这两三个月来,你的脸色可比刚来时差多了。"

"没事儿,我本来就黑,再加上睡晚了点,就更黑了。跟我在部队里比,这点累算什么。"

开会的人陆陆续续到了,大家见何丰华还在这儿吃面便打趣道:"书记怕是今天起得最晚的一次吧?"

小胡听了,不乐意了,插话道:"你们不了解情况别乱说,他早就起来了,是一直在改方案没顾得上吃,要不然过会儿开会,你们拿什么讨论呐?"

何丰华咽下最后一口面,滋溜一声喝了口汤,喊道:"小胡,你看的那个东西帮我打了几份出来没有?"

"您没说要打呀?好,我这就过去打。"

会议如期开始,何丰华清了下嗓子:

"同志们,今天我们开会的主题是和大家共同研究霞染村《土地流转实施方案》,为什么要出台这个方案?我也是根据咱们村的实际情况出发,尽快闯出一条基地加农户的脱贫致富之路。

起因呢,是昨天我去走访了王老六的蔬菜大棚给我带来的启发。你别说,王老六的有机蔬菜大棚不但受到社会广大消费者的青睐,还挺有名气的呢。

我昨天看了,韶关的车都来拉他的菜,还有个商贩拍着胸脯说要跟他签全部产出的包销合同。回来之后我跟村支书碰了个头,做了个商量,咱们村呐,应该实施基地加农户的致富模式。

　　但是,万事都必须有章可循,没得规矩不成方圆。所以啊,我忙活了一夜,初步制定了咱们霞染村《土地流转实施方案》,我让小胡打出来。一会儿大家都针对这个方案讨论一下,一旦通过,它就是咱们霞染村土地流转创业之路的起点!"

　　小胡把刚打好的方案分发给大家后,补充道:"方案我认真地看了,我觉得何书记写得非常全面,大家一看就知道了。可以说,既适应咱们霞染村的发展,条款制定细致入微,一目了然。"

　　大家拿到方案,都在认真地看,会场里静得出奇,犹如暴风雨来临的前夜。何丰华默默地观察着每一位与会者的表情,有的人沉思、有的人喜上眉梢、有的人一脸愁容、有的人显露出来的只是无所谓,只有墙上的石英钟"滴滴答答"数着秒数。

　　何丰华明白,每一项方案的实施都会关系到每一位村民的切身利益,土地流转也不例外。何丰华等待着,等待着一场疾风暴雨的来临。

十一

　　"书记,这方案做得特别好也特别全面,既符合上面的精神也符合咱们霞染村的实际情况。"发言的是村长,"但是,我们这个村,土地少,贫瘠,旧垄里那几亩水田,山土以竹林为主,开发利用价值不高,水田是村民的基本口粮——要流,拿什么流啊?谁来流啊?钱从哪儿来啊?在政策范围内的土地承包权变更,我相信村民的阻力一定小不了,要实施这个方案,怕要做大量的工作还不一定成。

　　王老六的大棚为什么只扣了十六个?想必你们看到了,他边上空着的那几亩撂荒的水田，就是他们家房下堂叔海明老汉家的。

那会儿王老六来找我，想要租下那几亩田，我找到王老汉家，只说了句：'王叔，你的田荒着也是荒着，干脆租给你本家侄儿，多少还能挣几个。'

你猜他怎么回答我的？'谁说我那田抛荒了？你们是不懂科学，我那田里可是搞的水产养殖——喂着泥鳅和黄鳝呢！'

我当时回了他一句：'瞎扯，从来没看见你到田边去转转，怎么喂啊？'

他一听我这话，较了真儿，非要拉我去田边。到了田边，他找了半天，终于抓着条泥鳅，非说是他养殖的！大家伙儿都知道，除了旱土，谁家有水的田里边儿捞不出黄鳝和泥鳅呀？

我说这番话的意思是告诉大家：方案我看了，可里边儿就是找不到一条说到了流转一亩田能挣多少钱的具体数字。我认为这就是方案不完善的地方。我觉得应该有个具体的标准，山地多少钱一亩？水田多少钱一亩？旱地多少钱一亩？这样，一目了然，可操作性更强。书记，你说我说得对吗？"

他的话音刚落，另外一名村干部就提出了反驳意见："村长，听了你的话似乎有点道理，但这个细节不太好制定。山地有肥有瘦，水田有近有远，一刀切，势必也损害了村民的利益。我提议还是以议价的方式为好，我们不能制定一个框框，把上升空间都框死。商家都是无利不起早，如果他看上哪块地，能够产生经济效益，农民自行议价流转，我们何乐而不为啊？"

何丰华听到这番话，补充道："自有商贾以来，土地都是商家掠夺的资源，只有掌握了土地拥有权，就有了固定资产投入的本钱，佃户租赁也是旧中国土地经营的一种方式，也是议价方式的初始。

我认为啊，刚刚两位同志的发言都具有可操作性，上不封顶的土地流转也是没有出路的，下不保底的方式也是不可取的。

当然，下不保底这种情况不会出现，村民连单产核算的最低值都拿不到的话，想必他无论如何都不会把土地拱手相让的。

反过来说，如果高得惊人的数字，商家无利可图，也就不会流转你的土地，大家会认为我说的这番话有点多余，其实不然，这是经济规律，也是人们思考问题的一个最基本的常态心理。马克思曾经有过这样一段阐述：'有百分之十的利润，资本就蠢蠢欲动了；有百分之百的利润，资本就忘乎所以了；而有百分之三百的利润，那么上绞刑架的事都干得出来。'

我在这里提到这段话，就是在土地流转过程中要有一个正确的引导方向，使农民增收，商家获利，不走极端。

大家要有一个明确的认识，在转得出的同时，能够利用我们的土地资源，拉动打造生态农业的发展，带动一部分人走上致富路，使之成为我们霞染村通过土地流转，打造出来像王老六那样的龙头生态环保产业，要扩大再生产，形成集约化产业，我们就不愁有劳动能力的贫困户进入他们的基地走上致富路。

中国有句俗语——皮之不存，毛将焉附。我们就是要尽快地把王老六这样的生态农业立项，加大资金投入，吹起这张皮。要有劳动能力的贫困人口在自愿的前提下组织起来，像毛一样依附在这张皮上，通过自己的辛勤劳动摆脱贫困。我一直主张扶贫先扶志，要懒汉勤起来，动起来。"

他的这番话激起了会场热烈的掌声，大家一致认为何书记的发言说到了点子上。他的发言过后，村长组织了对土地流转方案的表决得到了一致通过。村支书在会上提出："春节过后，召开全村村民大会动员实施。"

李永新拿着一沓纸，在一群人的簇拥下来找何丰华，小胡把他们让到屋里。何丰华起身帮他们逐一倒水，寒暄着："书记，今天下午我们想请您去观看、指导村晚节目的带妆彩排，一起一十三个节目。这是节目单，您过过目。还有，我们老年合唱队，您可是队员哦。"

这时的何丰华却不好意思地推脱道："我一天都没有参加过你们的排练，岂不是滥竽充数？"

"我就知道你会这么说，来，谱子给你带来了。《我和我的祖国》你一定会唱的，一定没问题了。合唱队的行头我早就帮你备下了。"

何丰华接过了乐谱，认真地扫了几眼，轻轻地哼唱了起来："我和我的祖国，一刻也不能分割。无论我走到哪里，都流出一首赞歌……"

那声音由小变大，李老师参与了进来，村委会的院子里，从每一个办公室都传出了《我和我的祖国》的声韵，大家慢慢地唱着它，向何丰华的办公室走来，一个，两个，三个……顷刻间，何丰华领唱，众人伴唱，那唯美的旋律在村委会的上空环绕。

何丰华那带有磁性的嗓音，抒发着他内心对祖国的热爱。"我最亲爱的祖国，你是大海永不干涸，永远给我，碧浪清波，心中的歌。"

李永新看到村干部们都那么激情澎湃，立马发出邀请："你们都参加我们的合唱队吧！"

扶贫工作队联络员小胡说："行！何书记都参加了，我们干吗不去呀？李老师，今天就是我们的第一次排练吧。"

"你们不用练，已经很好了。我知道你们都忙。能参加呀，我们霞染村的人就高兴不已啦。"

民俗协会的曾会长上前一步，拉着何丰华的手说："舞板凳龙你也应参加哦！那可是咱们霞染村村晚的重头戏。"没等何丰华开口，就回过头对大家伙说："大家都要来哦！"

众人齐声应着："来！一定来！"

十二

夜幕下的村小学的操场上,几支大功率聚光灯照亮着简易的舞台,村民们熙熙攘攘地把不大的舞台围得水泄不通。

何丰华与村干部们被邀请着坐在前排,每人桌前都放了一沓纸笺,是最后对每一个节目的评审计分表,主持人用他不是很标准的普通话不失风范地拉开了带妆彩排的序幕。

《鼓韵霞染》在一群热情奔放的村民男女的舞动下首先登场,那鼓韵随着鼓槌的舞动不时地敲击出丰收的喜悦以及这古老的村落所发生的天翻地覆的变化。主持人不时地解说着,那话外音深情地解读,常常激起雷鸣般的掌声。

精彩的节目一浪高过一浪,一潮高过一潮,直到深夜,何丰华率领村支两委的干部们走到台子中央,与老年合唱队一起唱响了《我和我的祖国》,把整个彩排推向了高潮。

他刚走下台,演员们簇拥着何丰华拍照留念。村民们也凑热闹,拉着何丰华用手机拍照……

村晚回来的路上,他掏出手机,妻子的未接电话已经打了一长串,他连忙回了过去。

妻子第一句话却是没好气地问:"你不是今天回来的吗?都几点了?还没见个人影。一个大男人,你也讲点诚信好不好?老母亲他们等你回来,刚刚才去睡。不知道你一天都忙些什么,电话也不接。"

"哦,对不起,对不起。晚上在搞村晚节目彩排,刚结束。现场太闹腾,电话听不到铃声。"

"我知道，我说什么你都能找出一个合理的理由推脱的。因为我不在那儿，你说什么我都得信。唉，这辈子啊找了你这么个男人，算是我有眼无珠了。说吧，什么时候回来？过年只差两天了。是不是要我用八抬大轿去抬你回来？"

"不用不用，我这会儿就打车回来。"

陪同他一起向村委会走的村长在一旁听到何书记和妻子的对话，没等何丰华挂电话就大声插了进来："嫂子，你放心。我一会儿就找个车把老何送回来！您别生气，都怪我们村里事儿太多。"

何丰华没有再说什么，只是说："好了，我先挂电话了。一会儿见面再说。"

何丰华回到家里已是凌晨了，他掏出钥匙却怎么也打不开屋里的那扇防盗门。为了不打扰家里人的休息，他拿出电话叫醒了妻子。然而给他开门的却是年过古稀的老父亲，"爹，您怎么还没睡啊？"

"睡了，我听见有钥匙开门的声音。想着定是你回来了。饿了么？我去给你弄点吃的。"

"不用，您先睡吧。我自己来。"

"唉，你这孩子，从小就是这德行，做什么事儿玩命地干，也不知道心疼自己。"

听到两个人的对话，妻子也披着衣服走了出来，只说了一句话："回来啦？还知道有这个家呀。"便走进了厨房，一会儿就给他煮好了一碗鸡蛋面，端到桌上对着何丰华说了句："快点洗把脸来吃吧。看你这脸色，都黑成什么样儿了。"

老父亲坐在沙发上，妻子给他披上了一件棉衣，劝道："爹，快回屋睡吧。天气冷，别冻着了。"便扶起他送到了卧室门口。

这时卧室里又传来儿子的哭声,妻子对何丰华说了一句:"你慢慢吃,我去给孩子喂奶了。"

十三

江南冬日的黎明似乎要来得晚一些,且都是带着寒冷的北风而来的。

也许是因为何丰华很久没有充足的睡眠了,也许是他太累了,也许是家里的被窝太暖和了。腊月二十七这个早晨,都九点了,何丰华还在睡梦中。

大女儿一大早起来就问:"妈妈,昨天晚上爸爸不是回来了吗?人呢?"

"哦,还睡着呢。"

"那我去叫他吃早餐。"

妻子一把拉住女儿的手,食指凑到嘴边做了个嘘声的手势,轻声说道:"别,让你爸爸多睡一会儿。他昨天很晚才回家。"

"那可不行。他答应我的,这次回来陪我去逛商场,买过年的新衣服的。"

"你让他再睡会儿,一会儿我也陪你去。"

"嘿嘿。老妈,算了吧。你陪我去,这衣服又买不成了。这个不好看那个太贵了。一天都买不成一件衣服。我还是缠着老爸去吧。只要我看上了喜欢,他一准儿买单。"

妈妈轻声地嘟囔:"这姑娘,你穿的用的,哪样不是我帮你操持的?你爸给你买过几件衣服?"两个人较着劲儿。

何丰华从卧室里走了出来,女儿一见,一把拉住他的手,"老爸,你快洗洗,吃了早餐陪我去逛商场。你答应过的,过年给我买新衣服。"

何丰华拍了拍女儿的肩膀,笑着回答道:"行。"

女儿一听，高兴得一跺脚，对着妈妈做了个鬼脸。

吃过早饭，妻子精心地梳理修饰了一番，跟两位老人交代了一番。"孩子我喂饱了，正睡着呢。估计能睡两三个小时，我和丰华陪着你孙女逛逛街，顺便买点儿年货回来。宝宝醒了，你就打电话，我立马就回来。"

女儿倩倩一听高兴得一蹦老高，"呵，长这么大，难得爸爸妈妈陪我出去买衣服啊。"就拉着何丰华的手，撒娇道："走咯，上街去了，买新衣服去咯！"

腊月大街上人声鼎沸，马路上车水马龙，店铺前扬声器里传来兜售商品的吆喝声。

"为回馈广大顾客，本店八五折惠顾，厂家直销……"

"本店门面到期，清仓大甩卖了……"

各种吆喝不时地如雷贯耳混入何丰华的耳骨，何丰华一边拉着女儿的手，一边观赏着这久违了的繁华市井。

刚转过一个路口，远远的他就看到张局长正和队员们一起维护着市场秩序，便把女儿的手交给妻子，说了句："你们跟着来，我先走一步。张局长在那儿，我跟他说个事儿。"

张局长也看到了他，扬着手打了招呼，"老何，什么时候回来的？"

"昨天晚上。"

"哦，辛苦了。"

"局里面还没放假吗？"

"没有，你是知道的。越是节假日，局里工作越忙。你回来得正好，昨天局党组会议上决定明天组织局里的干部，到扶贫村去慰问建档立卡户。正想跟你商量呢。"

"哎呀局长，那正好，顺便考察一下我们村有机蔬菜大棚种植户王老

六的基地,看怎么样扩大再生产?看局里边儿能不能拨一些经费,尽快促成他搞土地流转。"

"哦,上一次你不是跟我说了么。正好这次都去调研一下。回来以后制定可行性方案。你上次跟我说了以后啊,我跟农业局的同志们也衔接了一下,明天我约他们也一起过去,请他们予以立项。"

何丰华一听,按捺不住心中的喜悦,拉着张局长的手,"局长,真想不到,上一次我只是一个设想,您就帮我落实了。"

"老何,我还不知道你?没考虑成熟的事情你是不会说出来的。别忘了哦,精准扶贫,我可是第一责任人。咱们局样样工作都努力争先,在精准扶贫上更要争先。你驻村当'第一书记',我在局里做后勤为你提供优质的保障,这样,我们才能尽早通过上级组织的扶贫工作验收。"

两个人正说得热闹,何倩倩拉着妈妈的手也赶了上来。张局长开玩笑地说道:"嗨,你们一家三口都出来了。难得难得,老何,看你这姑娘,长得可真漂亮。"

何丰华赶快让倩倩喊张伯伯,倩倩也大方地喊了句:"张伯伯好!"

张局长回了一句:"看,这孩子。多懂事儿啊。"并关爱地说:"老何,快陪着她们娘儿俩去逛逛吧。有事儿咱明天再说。哦,明天早上八点我让小吴来接你。"

"不用,你们过来的时候顺便接上我就行,我在家等。"

妻子当着张局长的面只是笑着挥了挥手,算是道个别。一转身就问:"何丰华,明天你又要到村上去?"

"嗯,明天局里边儿的干部都到村上去慰问贫困户,农业局的人也去。"

"你们还有个完没个完呐?明天都阴历二十八了!"

"没关系,当天就回来的。咱们今天就把过年的物资准备一下。年三十儿有块肉吃就行了。现在生活好了,天天都是过年。"

十四

 杨梨花不知从哪里得来的消息,说是县里有领导要来霞染村慰问贫困户,一大早就来到村委会大门口转悠,她并不进去找谁,只是时不时向公路上县城方向张望着。

 她是在等待,等待着县里面的领导。她在心里盘算着,自己啊要学着像电影里拍的小白菜拦轿告御状一样,但我不是喊冤,而是要把他们拦下来带到我的那块地上,让他们支持我扣大棚,种蔬菜。

 冬日的暖阳挂在村门口那棵老香樟树的枝头时,前面一台小车,后面一台旅行车,终于在村门口停了下来。先前等在那儿在别人家里喝茶的村干部们都迎了出来。杨梨花也三步并两步地凑了过去,一见何丰华就大声地喊:"何书记,可把你们等来了,先到我那儿去看看,我那地儿都平整出来了。万事俱备,就差你的东风拍板儿了。"

 这样一席话,是弄得何丰华丈二和尚摸不着头脑,当着众人的面又不好说什么。杨梨花胆子更大了,她走过去牵着何丰华,"何书记,走走走,带着领导先到我那儿看看吧,也指导指导。"

 何丰华回了一句:"去你那儿看什么呀?"

 "大棚蔬菜呀!"

 何丰华还是懵了:她哪来的大棚蔬菜,莫不是一夜间从天上掉了几个大棚下来不成?

 "好,你前面带路。"

一听这话,杨梨花胆子更大了,"各位领导,何书记说先去我那儿看一下,请大家跟我来!"

一群人呼呼啦啦地跟在杨梨花身后,径直走到了村东头王老六的大棚蔬菜园,杨梨花站在大棚前高声地介绍道:"这是我们村王卫平——王老六的有机蔬菜种植园。每个大棚年产值净收入上万嘞!我是在他这里做事儿的员工,几年下来也学到了技术和管理方法,也想着在我的责任田里边儿扣大棚种蔬菜,请跟我来。"

她把大家伙带到了她的责任田里边儿。大家一看:这还只是一块田啊,尽管土刚翻了,驻起了菜畦,但哪有大棚?

联络员小胡跑了过来,一脸严肃地问杨梨花:"嫂子,你这唱的是哪一出啊?带我们这么多人来就是看一块空地吗?"

"不是,我是请大家来给我做一次参谋,进行一次可行性的论证。你看,论地理条件,我这一亩多田,毗邻公路,将来蔬菜产出的时候运输成本低;第二个,那边接连成片的田土我都能和他们商量好,或租或入股,都能够扩大生产面积;再有,我略懂技术和管理,干起来啊,不会比王老六那几个棚差。"

张局长被这个泼辣的女人的几句话逗笑了,提出了一个近乎儿戏的问题:"这位嫂嫂,你既然都设想好了,还喊我们干什么呢?把大棚扣起来就是了呀。"

"这领导你这话是问到点子上了!我知道你们是来扶贫的。请领导们来,就是要给我支持点钱。我没钱扣大棚,我的设想是空想。"

说了这番话,何丰华发现,平日里泼辣的杨梨花脸上泛起了不好意思的红晕。

张局长笑道:"这事儿你跟村里边说了么?"

栏官求助

拦宣求助

"村里没钱支持我。我就学那小白菜拦轿把你们截到这儿来,并且我还相信你们一定会支持我的。因为我扣大棚一定能致富,摘掉贫困户的帽子。并且私下里我也跟那十八户建档立卡户商量好了,只要我牵头,他们都愿意跟我干嘞。只要领导们相信我,你们的资金一定不会打水漂。你们帮我担个保,我在信用社贷点款,将来也能还得上。请大家帮我这个忙吧。"

张局长望了一眼何丰华,似乎在等待他的回答。村长这会儿脸上挂不住了,走到杨梨花跟前,"你怕是疯了。从来没听你跟我们说有这个打算,你叫我们在领导面前怎么交代?"

杨梨花却大着喉咙说:"这有什么不好交代的? 我请求政府支持,光明正大,又不是偷人养汉子。"一甩手,对着众人道:"我的事儿请大家多帮忙。"说完,自己头也不回地向远处的田里走去。一干人望着她的背影,在心里做着无数个猜想。

返回的路上,大家都停在了王老六的有机蔬菜大棚前。王老六从大棚里走出来,手里抓着一盒烟一一地敬着,另外一个村民模样的人给每位领导发了矿泉水。王老六不时地说着:"领导们辛苦了,辛苦了。欢迎到我的大棚里参观哦。有需要的还可以带一些反季节蔬菜回去,快过年了嘛。"

立马有人应和:"你可以让人摘一些辣椒、茄子和西红柿,我们都买一点带回去。"

张局长也立马表了态:"这个可以有,但一定要买。"

村支书凑到王老六的耳朵边上耳语了几句,然后对着大家招呼了一声:"各位领导,尊敬的张局长,以及农业局的孙局长,下面由我们霞染村有机蔬菜种植专业大户介绍一下他的生态农业。"

王老六一个手拽着衣角,结结巴巴地说道:"我……我……我是个农民,也不知道太多的科学道理,我种的菜技术是从沿海打工的时候学……

学……学到的，实际上细琢磨一下也很简单，就是咱们老祖宗常用的耕作方式，加上精细的管理、施土加肥、深耕细作，长出来的菜不但产量高，用最普通的一句话说：'没有化肥味'，土地不板结，只要轮做就可以了。就是现在城里人说的有机蔬菜了。不信大家可以尝尝，我的西红柿不用洗就可以吃。"说着，大棚里就走出一个人，提着一篮子通红的西红柿，出来分发给大家。

张局长接过一个，在袖子上擦了擦，咬了一口，赞许道："嗯！是我小时候吃的那个味儿嘞。"

又拉过何丰华说："老何，这就是一个好项目啊。有这样的能人，还怕那几户人家脱不了贫？正好，咱们局里的班子成员都在这儿，就到村委会借个地方、开个会说说这个事儿，也请这个师傅一起去参加。诶？刚刚那个嫂嫂呢，让她也来听听。"他反过身，"咱们加快速度，分几个组，把贫困户都走访一遍，一会儿在村委会碰头。"

在村委会简易的灶房里，田嫂领着几个农妇紧张地忙碌着，炒菜、煮饭。她一会儿向院子里望望，一会儿向院子里望望，念叨着："都十二点了，这帮领导就不饿么？大冬天的，这菜是热了一道又一道，也不好吃了呀。"

心里嘀咕着：这帮领导怎么和以前下乡检查的领导不一样啊？你看，他们停在马路上的车是一辆旅游中巴，那么多人都挤在里边儿，还装了那么多油啊、米啊。原来的领导下来，前边儿还有个闪红灯的警车开道，清一色的轿子车停了一马路。下车伊始，村里面早就忙活了一两天吃喝，听听汇报，走人。这帮人可倒好，来了村委会，茶都没喝一口就被杨梨花截了，去走村串寨了。吃饭的点都过了还不见人影。

她纳闷地想着：莫不是他们已经走了？她又走到马路上瞧了瞧，那两台旅游中巴还停在那儿呢，她又走进车看了看，那车里边儿也没有人啊。

她一边往回走一边还在想：这伙领导啊，还真就不一样。刚来到大门口就见何书记领了一大帮人也向大门口走来，笑着喊："何书记，还有一帮领导呢？都这个点儿了，饭菜都凉了，你们也不饿啊？"

何丰华也笑着应道："饿啦！闻到你田嫂的菜香味儿就更饿啦！"回过头又对着张局长介绍道："这是经常帮我们扶贫队弄饭菜吃的厨娘田嫂。她炒的菜啊，好吃；煮的饭，也香。不论什么食材，经她的手一做，不用任何调味品都能烹饪出美味佳肴。最拿手的要数一面黄的豆腐，我吃着，给肉都不换。"

"真的吗？那今天我可得蹭一顿饱饱口福了。"

何丰华又反过来笑着问田嫂："今天中午有一面黄豆腐吗？"

"有。我知道你爱这一口，今天的豆腐啊，可是小磨豆腐嘞！"

他们聊着，来到了餐桌前坐下。田嫂问了句："就上菜吗？"

张局长向门外望了一眼，"再等等，他们还没回来呢，大家一块儿吃热闹。"

何丰华应着："那是自然。"

"老何，今天那个有机蔬菜种植基地弄了几年了？你问过没有，收入怎么样？销路好吗？"

"我前两个月去做了一次深入的调研。王老六的大棚蔬菜确实弄得不错，销路不成问题。特别是冬季，来拉菜的车络绎不绝，多次发生争抢货源的情况。具体年收入多少呢？据他本人说，一个大棚除去成本能挣一万多。我估计啊，这是个保守数字。农民嘛，是不会露富的。"

张局长笑了笑，"这个啊，城里人也一样。无利不起早，挣钱都说少。"

"呵，局长。你这四六句子，还挺押韵的。"

"那是自然，我在农村干过多年，农民的思想状况，心里那点小九九

我是略有所知的。诶，今天那个叫杨梨花的女的，又是个什么情况？"

"噢，她呀。在这村里可是个很有争议的女人。性格倔强，泼辣，又很能干。有人说她不讲道理，有人说她很明事理。我做了一个深入的走访，不知怎么的，她家里确实很贫困。以前建整扶贫的时候吃了农村低保户，可是在建档立卡的时候由于村会计的疏忽又给漏登了。一个多月前还到村委会来拍大腿呢。上一次回去我还给您做了汇报的。今天半路杀出个程咬金，非要请您过去看现场。我估计啊，她也是经过深思熟虑的，她大着胆子过来告御状的。"

"诶，老何你别说啊，她那个说辞并不是没有道理嘞。如果真的能够实施下来，我们再帮扶一把。我看啊，她一定能成为龙头专业户，带动一部分人脱贫致富嘞！这样的人啊，看你怎么去用，看你怎么去帮。她还真能起到星星之火可以燎原的作用嘞！"

两个人正聊着，村长和村支书领着一大帮人走了进来。杨梨花和王老六也跟着进了饭堂。杨梨花冲着何丰华一脸认真地说道："何书记，你们还没吃饭。我在这儿，不碍眼吗？干脆我回去弄点饭吃再来吧。"

何丰华一听立马起身把她拉到桌前坐下，"请你来，就是咱们边吃边聊。张局长要了解一下你家的情况，看怎么帮你扣大棚。"

杨梨花红着脸直摆手，"别别别，我还是回家自己吃了饭再来吧。怪不好意思的。我求你们帮我办事儿，应该我请你们吃饭才对。你们倒好，反过来管我的饭，多难为情啊。"

张局长看了她这副模样，又把她拉到桌边坐下，"没关系的，咱们是一家人。等你家里大棚搞好了，创了收，你请我们大家吃饭，我们一准儿也来。"

杨梨花应着："好好好，一定，我一定请大家来我家做客。"那声音似乎有些哽咽，泪水不觉地挂上了脸颊。心里想着：自从丈夫离家出走，自己带着一个孩子艰难度日。因为穷，左邻右舍都瞧不起她，更不要说外人了。自己为了维护自己做人的尊严常常是硬着头皮撒泼，麻着胆子求人，惹来众人的不理解与非议。在乡下，困难户做人难，做单身女人更难。想到这里，她的泪水像断了线的珠子，哗啦哗啦地湿了衣襟。

她一甩袖子，抹了一把脸，破涕为笑，对着张局长和何丰华说道："只要你们相信我杨梨花，帮我担个保，到信用社贷上款就行。那钱我不借很长时间，我一准儿在来年的年根儿下，连本带利都还上。说句心里话，我也有一双勤劳的手哇，我不愿增加国家的负担，吃国家的低保钱。我在这儿给领导们许个愿，来年的年底，我一定不要低保钱了。我脱了贫，你们也省了心。"

在场的人都静静地听着她的诉说，除了能听到灶房里叮叮当当的炒菜声和稀里哗啦的流水声外，人们似乎都屏住了呼吸，陷入了沉思。

十五

张局长听了这样的一段话心里很不是滋味儿，凭借多年曾在农村工作的体会，他深知在农村，相互攀比的过程中，大有笑贫不笑娼的趋势。贫困人口真的是没有地位的。遇到极难的事儿，找人借钱都怕你还不起。不要说村里人，就是兄弟姐妹也因为你的贫，都很难伸出援手。亲戚之间疏于走动，断了来往。也应了那句老话：富在深山有远亲，穷在闹市无人问。时间长了，人们就习惯了，也就忽略了她的存在。正如西汉史学家刘向所言：入鲍鱼之肆，久闻而不知其臭；入幽兰之室，久而不闻其香。贫困潦倒的

人在广袤的乡野之间容易渐渐地被人们遗忘，即便是在城市里，这类人群也成为社会发展进步的阻力，引发出无数的社会隐患。想到这里，他发出一声叹息。

何丰华连忙问道："局长，你叹什么气啊？"

没等他回答，田嫂从厨房端出一大碗粉蒸肉出来，高声地叫道："都来齐了吧，开饭了。大家都饿坏了吧，咱们这乡下可没有你们城里那么多好吃的饭菜，大家就将就着点，吃点儿咱们正宗的乡下家常菜吧。"

村长也从厨房里端菜出来，直接放到张局长的桌上，"这是我们这稻田里养的稻花鱼。上午才捞上来的,绝对环保。"放下碗又对着其他人说道："大家也都多吃点，尝尝，也帮我们做做广告，推广推广。这还是咱们何书记来了之后指导咱村民套养在水田里的嘞！"

有人立马问道："还有卖吗？"

"有，不太多了。大家带回去吃一餐的还有。"

"多少钱一斤？"

村长脱口而出："三十元一斤！"

田嫂正好端菜过来，站在他身后，听他这么一说，扯了一下他衣角，补了一句："今天来的领导们帮咱们霞染村做广告，我去帮你们买，只要一半的价钱。哪位想要的话，我带你们去捞就是。"

吃饭的人没有再作声的，大家都听出来田嫂的美意，同时也感受到了村长的直率。张局长说了声："大家都快吃饭。过会儿还要开一个碰头会。"

村委会二楼的会议室里，社会主义核心价值观的条幅高高地挂在墙上，各种规章制度应有尽有，墙角书架里装满了农技科普类的书籍。农村广播站的放大器还亮着红灯，播音员同时也是会议的记录员，是田嫂的姑娘杏子，微笑着忙碌着给大家倒茶，大家不时地与她开个玩笑，杏子也大方地搭声着。

会计陈老四平日里就是个油嘴儿，杏子把茶杯放在他桌前的时候，他一把抓住杏子还没来得及缩回去的手，嬉笑道："呵，杏子今天怕是打了很多的香脂吧。老远就能闻到一股骚味儿。"

杏子也不恼，笑着回了一句："就你这条骚狗才能闻得到是骚味儿。别人闻的，一定是香味儿。这么多领导在场，你也没得个正形儿，也不嫌丢人。"

陈老四并不收敛："杏子，我看你就将就点，当我家侄媳妇算了。我那侄儿子可是有房有车有票子哦。"

杏子这会儿倒是一脸严肃起来，似乎带着训斥的口吻回道："算了吧，就他那颗歪瓜裂枣，我还真看不上。你就做梦去吧。"杏子一边说着，手却没停。倒完了茶，接过文书递过来的扶贫工作专项记录本摆在桌上，坐在村支书后面。

村支书见大家都到齐了，主持着会议，开口道："首先让我们以热烈的掌声欢迎我们霞染村扶贫工作队的上级领导——市城管局张局长、农业局的孙局长来我们村对一百四十八户贫困户进行春节慰问，对扶贫工作开展深入调研活动。下面请我们的驻村'第一书记'何丰华给大家介绍参加这次慰问调研活动的各位领导。"

何丰华起身，把与会的各位领导一一地向村支两委作了介绍，他介绍完，支书又请村长把村支两委的干部一一作了介绍。

介绍之后，张局长首先发了言："早上我们遇到了一个新鲜事儿，一个村民拦住了我们。"他指了一下坐在后面的杨梨花，"就是这个嫂嫂。今天，我也把她请到了咱们这个会场。还有王师傅王卫平。为什么请他们来，在这里啊，我要感谢他们，给我们局的扶贫工作出了个好点子。今天我在王

师傅的大棚里品尝到了久违的纯正的西红柿的味道。也正是这个味道,让我把杨梨花请了来。因为啊,她跟我们说她也能种出这个味道的蔬菜,在王师傅那儿也基本掌握了种出这类蔬菜的种植技术,并且在吃饭的时候她还说她联络到了十八户低保户,能够共同组建一个以她为主体的大棚蔬菜种植合作社。当然,合作社是我帮她总结出来的。暂且我们就叫它合伙致富吧,或者说是抱团取暖。我跟村支书以及我们的何丰华科长,哦,说错了,在这里应该称何丰华为驻村'第一书记'。"

他的这一解释使得会场的人哄然大笑,没等大家笑完,他又自嘲道:"丰华,这个叫什么不重要,只是个称谓,头衔而已。重要的是我们怎么为霞染村的贫困户脱贫致富出力才最重要。"

何丰华打着圆场连连点头,"张局长说得对。"

张局长一听又诙谐地接着他的话说:"你看,说着说着就跑题了。但是我认为,致富路上这种抱团取暖的致富方式非常可取,也是我们精准扶贫工作中大力提倡的工作方法之一。下面啊,我们还是先请王老六和杨梨花把他们的设想,以及遇到的困难当着村支两委各位领导的面儿跟大家说说,也算是对这个项目咱们一起做个论证吧。"

说完这番话,他对着村支书用征求意见的眼光问道:"支书,您可是这里的一方土地啊。我这是喧宾夺主了,您看,请他们两位谁先说一说。"

村支书打着哈哈,"没有,领导们能来到我们村上献计献策,帮助村民摆脱贫困,是我们求之不得的嘞。我这里啊,谢谢都来不及呢!那么,王老六,梨花嫂子,你们两个谁先说说?"

两个人都不吭气儿,村长再一次催促道:"王老六,你是个男人,你先说!"王老六站了起来,右手还是习惯地拉着一边衣角。

"领导们让我说两句,那我就说两句。我没多少文化,扣大棚种有机蔬菜是我从福建打了几年工回来学着干的。虽然苦了点，累了点，我粗略地概算了一下，比下广东打工挣钱收入方面还多了一些，还有一个更大的好处，我只要看准市场需求，种点儿啥赶个节日，能种出菜来上市就行。不像原先给老板打工，还受时间的约束。种大棚有机蔬菜，我闲的时候还可以到附近做帮工挣零花钱嘞。

但是啊，我也有困难。现在城里人都很注重养生环保，他们对有机蔬菜的需求量大，我那十多个棚都是我滚雪球滚出来的，我还想从村民手里租点地扩大种植面积，可是啊，我手头没有能动的钱了。哦，顺便说上一句，村里面的低保户山脚下的老杨家，河边的老孙家，土地庙旁的老于家，包括残疾人孙二狗，都在我的棚里干活挣钱。我给他们发工资六十块钱一天。当然，是计时工，忙的时候，他们的活路做得多，就能从我这儿多挣几个。不怕大家笑话，忙不过来的时候我还得管饭呢。

比如说前两天何书记到我那大棚来看时，摘菜、过秤、装车那就是忙。所以呀，我们家儿子还在网上给我开了一个电商平台，卖我棚里的菜，琢磨着供不应求。我今天来，就是想请领导们帮扶我一把，扩大再生产。我不用政府无偿帮我，你们帮我提供点贷款就行。"

说到这儿，他就给大家弯了下腰，说了声谢谢，就坐下了，觉得还不太对劲儿，又站起来问村支书，道："支书，我刚才说明白了吗？"

村长没等村支书回过神儿来，抢先回答道："说明白了，你就是要贷款嘛。"

王老六红着脸，一边往下坐一边喊："对对对，就是这个意思，就是这个意思。"

支书又冲着杨梨花说道："梨花嫂子，你师傅说完了，你也说两句？"

杨梨花一猫腰站了起来，"领导们，我要说的，开始我截着你们去看

地的时候就说完了。我手上有我们十八户低保户的联名信,是请求村里边儿为我们担保,贷款扣大棚的联名信。"

说着,她从口袋里掏出了一张白纸,上面摁了一排鲜红的手印,双手递给了村支书。村支书看了一眼,又把它递给了何丰华。何丰华又把它递给了张局长,张局长看完了又默默地把它递给了农业局的孙局长。最后转了一圈又回到了何丰华的手上。

杨梨花一直站在那儿不再说什么,何丰华望了她一眼,"我把它的内容读给大家听。梨花嫂子,可以吗?"

"行啊,这有什么不行的,又没有什么见不得人的事儿。"

"村支两委领导们好,我们十八户都是霞染村的低保户,请求村里面为我们提供贷款。由杨梨花牵头把我们的田土兑换到一起扣大棚,种反季节有机蔬菜。请村里面给杨梨花提供五万元启动资金。我们十八户人为她担保,投产后年底归还本息。担保人签字画押。"

何丰华停顿了一下,把那张纸高高地举过头顶,"大家看,每一个签名下面都有一个鲜红的手印嘞。"整个与会的人们,都聚焦在纸上每一个人留下的鲜红手印上。

会场里安静了,人们被杨梨花字里行间透露出来的朴实与诚信感动了,更为她一个普通农民有如此高的觉悟及家国情怀,抱团取暖的做法所折服。

城管局工会主席杨小柳的举措打破了整个会场的寂静,她从肩包里掏出了一千块钱,起身走到杨梨花面前,"嫂子,你扣大棚算我一份。虽然不多,就算我预定的蔬菜款。记着,不管你种的是黄瓜、辣椒还是西红柿,我都是要来拿的哦。"

也许是被工会主席的诙谐幽默语言感动了,也许是被她的举措打动了。与会的人们都纷纷解囊掏出身上为数不多的现金,你三百、他五百,递到杨梨花手上。

张局长也对局办公室主任说："我口袋里没现钱，发微信给你，我也帮杨嫂嫂出份力，放她大棚里菜的定钱。"

他这诙谐的语言让大家因为那份信所带来的沉重心情一下子转好了。会计陈老四就坡下驴、一脸坏笑地对着杨梨花笑道："杨嫂嫂，你这崽都没养，名却取下了。过了年，大家伙儿可真的要来拿菜的哦。"

杨梨花也不是个善茬儿，"这个你不用操心，一准会有的。"

王老六也在一边帮腔道："她要是没种出来，我那棚里有现成的。我不要钱，白送给梨花嫂子也不会让你看笑话。"

陈老四又来了精神，"你看看你看看，我这儿，这不一句玩笑话么，老六还真当真了。乡里乡亲的，你看我是个看笑话的人么？"

村支书白了陈老四一眼，"干啥呢干啥呢。逗闷子也不分个场合。"说完对着张局长道："你看他们俩说明白了吗？"

"说明白了。再明白不过了。未开会之前我们局里的班子成员也碰了个头，他们一致同意要我在这个现场办公会上啊表个态，由村委会向我们局里面打个报告。杨梨花的大棚基地建设启动资金，我们局里面呢支持两万。那个王老六的基地拓展呢，也支持一万作为前期启动资金。村里面呢，尽快地出一个报告，年前就争取把这个事情落到实处。"

他的话刚落音，农业局孙局长便发了言：

"今天啊，我们两个来到了咱们霞染村，看到了贫困户致富的典型。所以说呢，我们局今后啊，要加强对有机蔬菜种植户的技术支持，以及在良种培育推广上予以倾斜。今天呢，我也表个态，对杨梨花的蔬菜大棚的新建给予物质材料上面的支持，大棚的骨架、薄膜以及大棚里面的检测恒温设备予以免费支持，同时并派技术员安装指导，数量是六个。刚好我算

了一下,你们不是有十八户人家联名吗?哈哈哈哈,你们恰好三户一个棚。如果你们做得好,产生的市场经济效益大,收入高,能够更多地吸纳贫困户自愿入伙儿,我在这儿表个态,我们将不间断地予以技术扶持。"

他的话一落音,会场里便响起了雷鸣般的掌声。

十六

田嫂和另外几个临时帮厨的妇女收拾完碗筷,闲着没事儿,一直坐在会场外的凳子上打着盹儿唠唠家常,有一句没一句地听着里边儿传出来的话语声。

孙局长发言也许是声音大,掷地有声,也许是内容有肉,田嫂听得真真儿地,清清,楚楚,情不自禁地一拍大腿,把坐在她边儿上打盹地农妇吓了一跳,回过头来问:"你怎么了?一惊一乍的。"

"你没听见啊?那里边儿来的那个大领导刚才说杨梨花扣大棚的材料他都不要钱、免费给嘞!"

"瞎说。哪有那么好的事儿?他又不是她家的七大姑八大姨,天上掉个馅饼也砸不到杨梨花头上啊。你准时听岔了。"

"没有!我这耳朵灵着呢。"

"照你这么说,这一帮领导来乡下啊,怕真不是吃白饭的。"

"这还用你说?我早就看出来了。你看他们坐的车,再看响午前都过了饭点儿才来吃饭,每个人还都交了伙食费嘞。"

"啥?还交了伙食费?"

"可不是么。要说呀,我也算是个经历过事儿的人了。早些年建整扶贫时有些领导们下乡工作是大吃大喝，吃了时候不算，走的时候还得带点儿农村里土家么事儿。前些年搞建整扶贫，领导们下乡驻村是吃派饭。何书记他们这伙人来了是自己煮着吃，上边儿领导来检查就临时喊我过来搭个灶，完了吃饭的人，还交伙食费。我想啊，这怕就是墙上贴着的标语上说的'廉政建设'。你看，这帮领导吃完饭就开会，才多大会儿工夫啊，就为杨梨花他们解决了实际问题。要是在过去啊，她那孤儿寡母，又穷得叮当响，借钱都怕她还不起。这下可倒好了，他们十几户人家，有政府帮忙，一准儿能走出贫困了，要不了几年就能富起来了。当下呀，党的扶贫政策就是好！这日子过的，越来越舒坦了。"

"田婶儿，你哪那么多感慨呀？好像是你中了彩票似的。你儿子不是让你去省城住了么？"

"我可不去。我住在这乡下乐呵着呢。你看看，咱这儿空气好，吃个菜方便。别的不说，就我那小磨豆腐，到省城哪儿找去？早晨推碗豆子，喝碗豆浆。中午吃块豆腐，煮个青菜，我们老两口呀，就是一顿，吃着舒坦又放心，喂个鸡养个鸭。我要是跟他们到省城去了，他们买都买不着这土鸡、土鸭。再说了，城里住的那个高楼大厦，我儿子住的二十一层。我每次去他们家，坐电梯心里边儿直扑腾。哪有咱乡下这房子好哇？又宽敞又接地气儿。昨天儿子还给我打电话呢，说二十九回来接我去他那儿过年，我给回了。"

两个人聊得正欢，会议室的门开了。村长和支书先出了门，跟每一个参加会议的人都握了手，嘴里说着：

"谢谢，欢迎再来欢迎再来。"

最后走出的是张局长，一行人，一边走一边跟杨梨花开着玩笑，"梨花嫂子，今天的结果你还满意不？"

杨梨花大声地说道:"满意!满意!我一会儿就把这好消息跟我那些穷股东们去说。他们呐,不知道会高兴成啥样呢!"

"光高兴不行,要拿出实际行动来干。我相信你能行。"

杨梨花从口袋摸索出一个并不值钱的手机来,似乎用祈求的眼光对张局长说:

"您能留个电话给我吗?菜下来了不用您来拿,我给您送过去。"

张局长说:"行啊。你听好了啊。"顺口报出一串阿拉伯数字。

又开玩笑似的诙谐道:"等你的大棚有菜摘了的时候我来摘,尝一口那刚摘下来还带着露珠的西红柿就足了。"

"那好。咱们一言为定!"

一干人走出了村委会。远远地就看到马路上站着的王老六,脚边上还放着几个采摘筐,里边装着还挂着小黄花的黄瓜,还有一筐果实均匀的通红的柿子,一筐肉质肥厚的紫茄子,一筐个头均匀的螺丝青辣椒。等到每个人走过他的身边时他就递过来一个塑料袋,嘴里说着:"喜欢什么就自己捡点带回去尝尝鲜,帮我做个广告。"

可是路过的人没有一个去接他的塑料袋。张局长走了过来,他一把拉住张局长的手,语无伦次地说道:

"领导,这些人你是头儿。我知道你们有纪律,但我这是做产品宣传。你看我这口袋上,还印着电话和地址呢。你就叫大家帮帮忙,带上吧。再说了,这么多,我拿回去也吃不完啊,不是浪费了吗?"

张局长接过一个口袋看了看,确实有联系电话还有地址,对着车上喊了句:

"小崔,你下来一下。按人数把这些东西平均分一下。"

又对着他的耳朵耳语道:"三十块钱一份。"

不大一会儿工夫，王老六的脚边就只剩下了四个采摘筐。车厢里边传来了叽叽喳喳吃黄瓜的声响，一时间，黄瓜特有的清香味儿弥漫了整个车厢，赞叹声不绝于耳。

车子快要启动了，车门突然打开，局办公室主任把一个信封递给王老六，王老六接过来还没来得及打开，车子已经一溜烟地消失在他的视线里，他只能站在原地挥了挥他那双长满老茧的手。

杨梨花送走了众人，跑到屋里时已是黄昏，她顾不得去数她喂的几只老母鸡是否进了鸡笼，也顾不得去看她喂的那几只鸭子是否回了窝，而是烧了点热水净了手，取出平日里舍不得喝的一包香茶。泡了香茶，点燃了香案上那两根红烛，摆好贡果，抽出三根香点燃捧在手上，对着堂屋里供奉的天地国亲师位的神龛虔诚地磕了三个响头，嘴里念念有词地说道：

"家主菩萨保佑。今天我是遇到贵人了，想着要在咱那自留田里边儿跑点神儿，扣个大棚种菜的钱有着落了。"

她又从口袋里掏出那把大家付给她'买菜'的定金摆在香案上，说道：

"你们看，我这菜连种都没下呢，买菜的定钱都到了桌上了。今天我不奢望别的，只求列祖列宗保佑我杨梨花有个好身板儿，种出几棚菜来，送给这些好心的人尝上一口，我就心满意足了……"

"咚咚咚——"一阵敲门声紧跟着一个汉子的声音传了进来。她一听就知道是早前村子里有名的"懒汉"刘富强，便应了一句：

"富强叔，在屋里，有事吗？"便把手上的最后几张烧纸丢在盆里。

开了堂屋门，只见他手里提着一块四五斤的鲜肉。一见杨梨花就往她手里塞，嘴里还一本正经地说：

"大妹子啊，这是我今天刚杀的猪，给你送块来，好剁丸子肉。"、

"诶，不用不用。过年的丸子肉我买了，您快提回去自己吃吧。"

刘富强也不硬塞，见她不接也就顺手往那窗格上、支窗子的钩子上一挂，极认真地说：

"大妹子，我来是还有个别的事儿想和你商量。"

"什么事儿？您可别吓着我了。"

"今天卖肉那会儿啊，陈会计来买肉说，你们家要扣大棚种菜了。我想着我那养猪场里面的猪粪多了去了，咱们能不能打个商量，我少算点儿、你给点儿，岂不是两全其美么？你那肯定要大量的农家肥，用得着！"

杨梨花一听，心想：过去他是个出了名的懒汉贫困户，平日里并不精明的，扶贫工作队为帮他脱贫立项养猪可是没少花心思，还闹了一个大笑话呢！现在竟然来到我这卖猪粪了。

杨梨花半开玩笑地撇出了一句：

"富强叔，你们家那猪都能爬墙了。有泡屎也都拉到墙外去了，你让我去哪捡呐？"

一听这话，刘富强不好意思地挠了挠后脑勺，说了一句："那都是过去的事儿了，你也不积点儿口德。"

故事还得从建整扶贫那会儿说起。

工作队驻了村了解到他家经济困难，又是一个人带着个十一二岁的女儿生活。老婆嫌他懒、又穷，跟邻村的石匠师傅跑了。也怪他不争气，每天有点钱除了打牌赌博外，就是酗酒抽烟，游手好闲就不干点儿正事。没吃的就东家借一碗西家借一碗，没菜吃就东家地里扯根葱，西家地里拔棵蒜，艰难度日。女儿辍学在家，建整扶贫工作队想着法子让女儿复了学，可是他倒好，今天复了学，等扶贫队转身，孩子又不念了。原因是给孩子留下的生活费，三两巴掌就被他打了出来，到集市上的牌桌上输掉了。村里的干部也多次找他谈，他还满嘴跑火车地说："小赌怡情。"

建整扶贫的驻村干部想了个法子：他们家里有猪栏。为了拴住他的脚，给他送去了三头二三十斤重的小猪让他喂大，又给他送了半吨饲料粮。

村长和扶贫队的干部给他送猪去时只有他女儿在家。村长问："辣妹子，你爹嘞？"

辣妹子抹了一把鼻涕："去镇上打牌去了。"

"那你赶快去把他找回来。就说领导给你们家送仔猪来了。"

孩子应着："看我能不能找到他哒。"

便拖着一双破布鞋飞也似的跑了出去。约半个小时的工夫，他搭着一辆摩托车带着女儿回来了。

摩托车师傅半天都不肯挪地方，他下了车和村干部打了个招呼，回头发现摩托车司机还没走，就说道：

"车钱欠着啊！下回拿。"

村长跑过去，问了句："几块钱？"

"五块。"

村长从口袋里掏出五块钱把司机打发走了，回过头来对他说：

"县里面的领导考虑到你家的实际情况，给你送了三头仔猪来。养大了过年自己杀一头吃，其余两头杀了后他们答应按市场价一秤吊走。你呢，就只管喂大喂壮喂肥！"

他从口袋里掏出一包盒子皱皱巴巴的劣质香烟，抽出一根递给这个、递给那个，嘴里招呼着：

"抽烟，抽烟。"

见没人接，自己叼了一根在嘴上，摸遍全身没找着打火机，转身走到灶台边上找了个打火机把烟点燃，使劲地抽了两口，笑着问：

"村长,那猪在哪儿呢?"

"瞧你这副德行,我上次让你把猪栏打扫干净。我刚刚看了,你根本就没动啊。"

一听,他从墙根捡起一个烂扫把拿在手上,说道:

"这个易得,这个易得。"

随着稀里哗啦的扫地声,一大股烟尘从猪栏里卷了出来,伴着一声声咳嗽飞向天地。左邻右舍的人都围了过来。

有人说:"富强这懒鬼,连人都喂不活还能喂得猪活吗?"

有人说:"他是没事干才变成这样的。要是有个正经事儿干,他也能干好嘞。他生在农村,长在农村。喂两头猪还是可以的。"

不一会儿工夫,满身污垢、一脸灰尘的富强从猪圈里走了出来。

住在旁边的刘二婶立马笑着走进堂屋给他端了盆水放在他脚边,说了一句:

"快洗洗吧。瞧你这脸上,就剩两个眼睛放光了。"

富强又咳嗽了两声,一噘嘴,屁股一翘,狠狠地吐出了一口黑黑的恶痰,放出了一句:"唉,可憋死我了!"

村长还是一味地责怪道:"你这懒鬼呀。叫你早点收拾好,这回知道了吧,赶急赶忙是有亏吃的。"

又追问了一句:"弄干净了?我去瞧瞧看。"

"不行不行。我还得担两桶水冲冲才行。"

说着,脸也没顾上洗,从门后边抄起个扁担,从猪栏边上担起一担粪桶,到他屋前的水塘里麻利地担了一担水直奔猪圈。

"哗啦——哗啦——"又来回跑了三趟,一手摸着扁担,一手甩了一把额头上的汗,冲着众人说了一句:

"行了。这猪圈让我洗得，比我睡的床都干净！"

刘二婶有些不相信地跑了过去，回来说："你还别说咧，这活干得，真比他屋里都干净。"

在场的人七手八脚地从皮卡车上把仔猪提了下来放到了猪栏里。一时间这早已寂静的寒舍便增添了几分生灵的气息。

富强又喊辣妹子："快去。到山上红薯地里去扯点红薯藤丢到猪圈里。"

辣妹子腿脚倒也勤快，踩着拖鞋一会儿工夫就抱了一大捆红薯藤，问了句：

"爹，这个要洗干净喂吗？"

富强没好气儿地骂道："又不是给你吃，洗那么干净干什么？丢进去就行了！"

这样一番话惹得大家一阵哄笑。见大家笑自己，富强自我解嘲道："别见笑，别见笑。咱乡下人没什么文化。哦，村长，不是说还有米吗？"

"在车上呢，你去背下来咯，背五麻袋。"

"在哪儿背？"

"在马路边的皮卡车上。你怕要拿担箩筐去担才担得回哦。"

富强个子不高，四十多岁的年龄，熏黑泛黄的脸色，不知道是因为生活的拮据还是遗传因素，头顶只剩下几根随风飞舞的赖毛。也许是因为长年吸烟的缘故，牙齿又黄又黑。

扶贫队员们见村长让他自己去背，插话道："村长，你还是调两个劳动力来吧。那一麻袋两百斤，这么老远的路，还是上坡，怕要两三个人抬才抬得上来嘞。让他一担一担，担上来怕是来不及。还有其他那么多户要去落实呢。"

村长立马吆喝了一声："大家都去帮个忙吧。大家都带上扁担，拿上

绳子。"

刘二婶立马跑回家把她屋里的男人喊了出来,加上在场的工作队员,七八个人到山下的马路上把那五袋猪饲料抬了上来。一个个累得气喘吁吁,大汗淋漓。

村长问:"我说啊,我们帮你做了这么多事,你屋里有杯茶喝没?"

富强双手一摊,"烧壶茶倒是容易,就是没这么多杯子哦。"

还是勤快的刘二婶从她屋里提了一壶凉茶,拿了一沓塑料杯,招呼大家:

"来,都喝口水,天热,坐下来歇歇。干脆到我屋里坐会儿还好些,我屋里有电风扇。"

村长喝了一杯水,把空杯子放在窗格上,说道:"下回来,还有几头猪要送,大家都忙着呢。"

说完,对着富强招呼了两句:"喂猪可是个精细活,你要好生把它们养大哦。开口货你不把它喂饱,它还真不长肉。"

富强开口笑着应道:"一定一定。"

十七

三月,市里边儿组织了建整扶贫大回访。村长领着工作队员来到了富强的家,还没到门前就听到猪栏里嗷嗷的叫声。辣妹子坐在门槛上靠着门框昏昏欲睡,村长喊了句:"辣妹子,你爹呢?"

"帮二婶家挖了会儿田,这会儿在她家喝酒呢。"

"快点喊他回来。领导来了。"说完,村长径直领着队员们向猪栏走去。

两头小猪一见有人来，忽地一下从猪栏里窜了一头出来。村长都不知道这一米多高的土墙，猪是怎么蹦出来的，再看看栏里剩下那头猪，骨瘦如柴，尖尖的嘴，两只大大的眼睛，屁股像刀削了般的瘦，嘴里不时地发出"嗯，嗯，嗯"的声音。再看看那食盆儿，早已被猪舔得像镜子一般光亮。村长三步并作两步掀开了煮猪食的锅，里边儿清汤寡水，除了几片烂菜叶外并不见饲料粮的影子。推开上个月放粮袋子的西屋的门，五袋米也只剩了两袋半。

他走出来问众人："你们看见刚刚爬墙出来的是一头猪还是两头猪？"

众人异口同声道："一头。"

"那不对啊。咱们上次是放了三头猪苗在他家的呀。"

正在这时，富强嘴里叼根牙签，脸喝得通红，打着饱嗝儿走了过来。一见这么多人在他家院子里等，结结巴巴地赔着笑脸，道："不知你们要来。让你们久等了，不好意思，不好意思。"

性急的村干部劈头就是一句："懒鬼，你屋里三头猪还有一头呢？"他支吾了半天，说不出个所以然来，最后两个手抱着头蹲在院子里不作声儿。

村干部焦急地又问："懒鬼，问你话呢。那猪去哪儿了？才一个月零几天，你那饲料粮就吃了一半了，我看了你锅里的猪食，你也没放米啊。"

辣妹子见爹爹这样一副死样，三棍子放不出一个屁来，拉过村干部耳语道："二叔，那头猪让讨债的抓了去了。"

"欠的什么债？"

"牌桌上的钱。"

村干部一听，一跺脚吼道："懒鬼啊懒鬼，你真是个扶不上墙的烂泥巴！"

一听这话富强，从地上一蹦老高，"你们鸡肚子哪里知道鸭肚子里的事儿。我欠了别人的钱，他说要抓头猪去喂，算是两抵。我就答应了。你们先前不是说了么？年底下我是可以杀一头自己吃的，就当我是吃了还不成。你们的，我帮着喂大就是了。"

"那一个月你的两头猪也吃不了那么多的米啊？"

"唉，那么好的米，喂猪不是白瞎了么？我和辣妹子一天三顿也煮着吃嘞！"

一席话弄得大家是哭笑不得。村长叹气道："懒汉啊懒汉，真有你的。我看这猪啊，跟着你也是遭罪。"

十八

村长把今天看到的情况回来向村支书汇报。支书一听猪让喂得会爬墙了，忍不住就笑了。村长见支书在笑，没好气儿地说道："我的肺都要让懒汉气炸了。回来跟你汇报，你还笑？"

支书安慰他道："不用气，不用气，慢慢来。像懒汉这样游手好闲惯了的人，你一下子给他送了三头猪去，他怎么招呼得了哇？家里又没个女人。你别看，喂猪可是个精细活嘞。他能接受把猪留下，就证明他还有救。"

"我看算了吧。这么个扶不上墙的烂泥巴，天天只知道喝酒，到镇子上去打小牌凑热闹。"支书一听村长有放弃的意思，立马收起了笑容，"这可不行。作为一名共产党员，我们就是要不忘初心，不能让任何一个贫困户掉队，没有让他们脱贫就是我们的工作没有做到家，就是我们没有尽到责。"

猪爬墙

"支书啊，那你看还有别的法子吗？我是没辙了。"

"明天召开村党支部民主生活会议，看是哪个党小组范围里的贫困户，就安排他们去想办法，让他们手把手地帮扶。你看成么？"

村长没有作声，心想：咱们是农村。每一个党员家里都有一大摊子事儿，还得为自己的生存奔波。再说了，这也不是一天两天就能解决的问题。别的不说，就那两头猪也不是一天两天就能喂大的呀，至少得喂六个月。除非是有个专人去帮他打猪草煮猪食，一日三餐地喂。这怕也不是个长久之计。我倒要看看，明天民主生活会上，同志们能拿出一个什么样的锦囊妙计来。

阳春三月，村委会围墙外边，那几株寿桃树花开得正艳，与院子里桂花树上绿油油的枝叶相对应，水塘边老柳树柳丝轻摇。这有如山水画般，春的美景让人们无不驻足，好不惬意。

村党支部的民主生活会如期地在党员活动室召开，村支书总结了前一段的工作。把昨天村长汇报上来富强家的猪会爬墙的事儿在会上提了出来，惹得大家哄堂大笑，你一言我一语地议论着：

"哎呀，我听说过狗急跳墙，还听说岩羊爬窗，还真是头一回听说猪会爬墙。"

"这也是个稀奇事儿嘞。"

"这也说明富强家的猪训练有素。"

村长没好气儿地插了一句："他喂的也不是野猪。"

议论了好一会儿，村支书打断了大家的话："同志们，这个问题啊，大家要商量商量怎么样帮他，而不能一味地取笑他。大家想想办法看，用什么样的办法会行之有效？更不要伤害了他的自尊心。俗话说：'人穷志短，马瘦毛长。'他现在的所作所为啊，也是人之常情。

你看看，欠了别人的钱，人家抓一头猪去抵债也在情理之中。没有人上门讨债了，他也落个安宁。"

有人听支书这么说，哼了一句："他呀，怕是虱子多了不咬人。这个人讨债把猪抓走了，要是还有人讨债呢？抓什么？我看他啊，就是好逸恶劳。"

支书却说："我不这么看。你们也不是不知道，他还是当过兵的人嘞，秉性并不差。他变成这样，是他的老婆回娘家后接不回来才这样的。早年搞集体那会儿，他可是个种田的好把式！你们那时候还小，乡里乡亲的想必也听说过，老婆跑回娘家，他一气之下精神都崩溃了，在家里睡了两三个月。他老婆走的那年，辣妹子才一岁半。一个大男人拉扯个孩子有多难，你们想都想不到。出不了门，挣不了钱才落到今天这个地步的。宝庆兄弟，你屋里就在他隔壁住着，我看不如这样，你每天去监督他喂猪。辣妹子啊，我再跟工作队的同志商量，把她送到镇上的寄宿学校读书，生活费就由村支部负责，生活费按月交到学校去。把这件事和富强说清楚，这样子啊，他就是再找孩子的麻烦也拿不到钱。孩子不在家住了，他也少了份拖累，就会一心扑在养猪上，因为没有帮手了呀。宝庆兄弟，你看这样行吗？"

"行。我听从组织的安排。谁让我是一名党员呢？实际上，我家里那口子，也没少帮懒汉。听到他家猪栏里的猪叫就提着我家的猪食去喂。有时候他一出门就是两三天不回，听着那猪叫得也可怜。"

"宝庆兄弟，既然你已经伸出了援手，那就继续帮衬下去。咱们就先这么定了，先试试看，实在不行咱再另想法子。"

"支书你放心，我既然应下了就一定能把这个事情办好。不为别的，他还是我们家那口子未出五代的堂叔呢。"

富强家的猪在宝庆媳妇儿的帮衬下，到了年底，结对儿扶贫的干部们来到他家时问:"你的猪是我们帮你买走还是我们帮你找销路?"

富强这会儿倒来了精气神儿,笑着说:"我能把猪喂大,是你们帮扶的结果。我还真舍不得杀嘞。"

他又把村干部和两个帮扶队员领到猪栏前,"你们看,它们还能爬上墙吗?"

人们一看,笑道:"怕是帮着抬都抬不过来了。"

宝庆媳妇听说村干部们来了,从屋里凑了过来,对富强说道:

"富强叔,这猪喂了满了六个月。今天领导们都来了,只要价钱好,你就该出栏了。再喂就不划算了。把这两头卖了,赶快再抓四头仔猪来喂。恰好能赶上秋天的红薯,年根下又可以出栏。你看,我说得在理不?"

富强直点头,应着:"在理,在理。"

村干部也在一旁帮腔道:"要是还想喂,就按宝庆媳妇说的做。"

富强接话道:"不喂怎么行?我这会儿有经验了。青饲料要剁得细,精饲料要和得匀,还要按一定比例定时定量地喂。这猪啊,就飞起来长肉。吃了就睡,好喂着呢。"

说完这些,他沉思了片刻。猛然间他又说出了令在场的人都惊诧不已的说辞:

"各位领导,我有个想法,你看,我猪栏那边儿的空地还有很多。我想一次喂个十头八头的,还想喂头母猪。你们能不能再帮我一把,把猪舍加长?"

村干部一听,说道:"呵,你这猪喂得还上瘾了?不过也是件好事儿。最近上级扶贫政策上对养殖户达到一定规模的、有低息贷款扶持。我回去把你的情况向村支两委反映一下,争取在政策上对接。你看如何?"

两位一对一的帮扶干部也笑着表态道:"你把这两头猪出栏后,我们

两个人再给你送四头小猪来,也算是你把它们养大育肥所创下的收入,也作为我们俩人为你扩大再生产提供的成本资助。"

宝庆媳妇一听干部们这么说,对着嚷道:"富强叔,你还不赶快谢谢领导?他们这是真心帮你嘞。"

这个在村里出了名的"懒汉"就是这样被扶贫工作组一步一步地感化,通过生猪养殖走上了致富路。

"梨花妹子,你看这样行不行。你反正扣大棚是种蔬菜,我喂猪也要青饲料。咱们俩家做个平手交易,我的猪粪无偿送给你,你种蔬菜的老菜叶子以及青藤送给我,相互间只是找点儿运费,各自承担。你看如何?"

杨梨花一撇嘴笑道:"那我可不干。我还不知道你那肚子里的小九九?霞染村正在创建精神文明村。环境治理,村容村貌整治,人畜饮水工程,都是里面的重要内容。肯定是有人给你提意见了,猪场废弃物污染环境,老远都能闻到臭烘烘的猪粪味。你屋门前那口塘,鱼都喂不活了吧。"

一听杨梨花揭了自己的老底,叹口气道:"梨花妹子,你太精明了。这点事儿让你一眼就看穿了。前两年猪喂得少的时候,我都是请帮工及时把猪粪送到红薯地里,作底肥种青饲料,也担几担丢到我屋前的鱼塘里养鱼。可现如今我一栏六十多头猪,地里边儿也用不了那么多。门前的鱼塘也被猪粪污染了,鱼都喂不活咯。所以才跑来跟你打商量,想着你种有机蔬菜,那可是好底肥嘞。"

杨梨花拆穿了他的来意,一本正经地说道:"咱们脱贫致富还真不能拿牺牲环境作代价。政府提出美化乡村注重环保,就凭这我答应帮你处理一部分猪粪。这样吧,我这会儿大棚还没扣起来,但是霞染村创卫工作已经开始了。你先在你屋后的自留地里挖一个大坑,里面呢用塑料薄膜做防渗透处理,把猪粪都担进去,再用土盖了。这样做的好处是,一则把粪便做了无害化处理,不会散发臭气;二则使粪便得到了发酵,成为有机肥。等我的大棚盖好了,我再去那挖回来,挖出来拉到我这儿作底肥。你看如何?工钱呢你先垫着,将来呢,我再给你出一些。你也知道,这会儿我手头紧。"

见杨梨花说得在理,刘富强细想了一下,这方法还真可行,应着:

"那咱们就一言为定。噢,那你以后的菜叶呢?"

"我白送给你就是。乡里乡亲的,咱们这也是互相帮扶了不。"

见今天自己没有白跑一趟,一抬头见神龛上的蜡烛已经燃了一半了,觉得时间也不早了,起身道:

"梨花妹子,我该回去了。看,我耽误你做饭了。"

"不碍事,再坐会儿吧。"

"不坐了。咱们今后再聊。"说着就往门外走去。

杨梨花把他送到大门口,说了句:"慢走啊,不送。"转身正准备进屋时,一抹晚霞正好打在她家的窗格上。

她回头向远山望去,夕阳的余晖点燃了天边的云朵,把山峦渲染得通红,显得分外绚丽。远山炊烟袅袅,一派云蒸霞蔚,原本清晰的田野看不清,有水的地方和霞光互相映衬,一闪一闪。田野里的那棵树和树下的小房子化为一幅美丽的剪影,定格在田野中。

杨梨花也许是日子过得窘迫、也许是常年居住在这习以为常的山脚下、也许是生活的重压让她早已无暇顾及这大自然的变幻、也许今天是个好日子——自己的设想通过自己勤劳的双手能够得以实现的缘故吧。

在这个年二十九的黄昏,她站在院子里久久地不愿离去。晚风吹着神龛上的蜡烛呼啦啦地作响,她突然想起来还有纸钱没烧呢。由于刘富强半路上的闯入,她的愿还没有许完。她虔诚地重新净了手,从神龛上又抽出

三支香,在蜡烛上点燃,跪在蒲团上重重地磕了三个响头,把香插在香案上,点燃了烧纸,默默地许下了自己的心愿。

"妈,我回来了。有饭吃吗?"去外婆家送年节的儿子提着一大包年货,踏着轻快的脚步走了进来,一边放东西一边说着:"我问你呢,有饭吃吗?我都饿得快不行了。"

杨梨花走过去接过儿子的肩包,"嗨,谁知道你今天这么晚了还会来啊?我饭都还没煮呢。这不,刚敬完菩萨。来,儿子,你也拜拜,保佑你能考上个好大学。"儿子煞有介事地跪在蒲团上屁股翘得老高。

他刚起身,杨梨花就问道:"你外婆身子骨还好吗?年货都备齐了吧?"

"还行。她说让我回来接你,明天去她那儿过年。"

"唉,儿子,咱不去。你舅舅他们日子比咱们过得好。咱们去那儿过年,娘连压岁钱都发不起。给多了吧,咱没有;给少了吧,又没面子。"

儿子一听,从口袋里拿出一沓钱来递到杨梨花手上,"妈,给你。这是外婆悄悄塞给我的,说是过了年的学费钱。"

杨梨花接在手上,不知怎么的又拉过儿子的手,放在他手心里,"你留着吧。过了年交学费就是。"说着一转身,眼泪噼里啪啦就掉了下来。

懂事的儿子看着杨梨花这副模样,扶着妈妈的肩膀,说道:"妈,明年我不想读书了,我不想你那么辛苦。"

杨梨花一听,转身训斥道:"你给列祖列宗跪下!不读书,将来有什么出息?常言道:'家无读书子,哪有做官人。'我们的日子会好起来的。现在各级政府帮助咱农民搞精准扶贫。你抬起头看一眼桌上这把钱,就是今天他们送给妈扣大棚的。过了年咱们就动手,你读你的书,妈种菜供得你起。"

"我跟你一起扣大棚还不行吗?"

"不行。该读书的时候就做你该做的事,少壮不努力,老大徒伤悲。这会儿我要是同意你放弃了学业,将来你会怪妈妈的。到那会儿可是没有后悔药吃。听懂妈的话了没有?"

儿子不情愿地点了点头。

"好。那你起来吧。"她伸出一只手拉起了儿子,泪水模糊了双眼,转身向厨房走去。

一阵叮叮当当的切菜声过后,又传来淘水洗米的声响,杨梨花在灶房里大声地问:

"儿子,煮鸡炖鸭怕是来不及了,先前富强叔送来一块刚杀的猪肉,妈就小炒点,咱们就凑合着吃一顿,你饿了,妈也饿了,就对付一顿好了。"

"行!有妈陪着,吃什么都香,吃什么都好!"

儿子带着几声嗲声嗲气的回话,杨梨花听着心头一热。转身从厨房里走了出来,想去抱一下儿子,可是她又把手缩了回去,究竟儿子大了。只好打消了这一念想,径直走到卧室找出了一包虎皮花生,拿出来递到儿子手上,"来,这是妈自己煮着晒的,你先吃点。饭菜一会儿就好。"

厨房里再一次传来叮叮当当的炒菜声,和着肉香飘了出来。

"儿子,帮把手!拿下碗筷,咱们吃饭了。"

"好!"

十九

从杨梨花那出来,回到家中,刘富强立马围着房前屋后转悠起来,一会儿到猪栏里看看、一会到屋后瞧瞧,寻思着杨梨花给他出的主意:

在屋后要挖一个大坑得多少工钱啊？再说了，就是把这猪屎粪都担上去埋了，也不是一两天的工夫能做得到的。

他想着去请一个挖机，可是，他家住在山脚下，离公路有很大一段距离，后山洼里那二十多户人家要把东西运进去，靠得都是肩挑与人扛，那条老祖宗留下来的石板路也是过不得车的。

九月间，怀仁家盖房子都是请骡马队驮的砖、背的水泥，河沙都是用编织袋先装好再一袋一袋地运进去的，自己卖猪，都是先请人一头一头地往山下赶，再装上猪笼车。那滋味儿别提有多难受了，狡猾的猪贩子都是把秤放在车边上过，本来吃得饱饱的、一肚子食的猪噼里啪啦拉一路，到了车边上过秤，一栏猪卖出去都少好几百斤秤，看来杨梨花这个法子一时半会还真做不到。

可是，村里面的精神文明建设、环境治理过了年是一准要搞的，因为上面早就嚷着要来村上创卫验收。村支书在村里的大喇叭里左讲右讲，扶贫"第一书记"何丰华还亲自在喇叭里做报告，左吆喝右吆喝、动之以情晓之以理，政府还出钱改造人畜用水，实施卫测工程。

"唉！我可咋办呐！"他突然一拍脑门、一跺脚，"看我这猪脑袋，干吗不去找何书记？他可是能人！杨梨花家的大棚就是他一手一脉帮着跑下来的项目。你看！今天上午就听说，大棚的屋架由农业局免费提供。启动资金，过了年就能到手。我虽然前一年脱了贫致了富，摘掉了贫困户的帽子，但是这治理环境、创建精神文明户也不能因为我喂猪影响了咱霞染村不？"

他这么一想："这事，何书记一定会管的。明天一大早我就进城，去他家找他去！一则去拜个早年、感谢他两年来对我的关照；二来，把我这件事和他说说、看有什么辙想没有？"

刚想明白，他又犯起愁来，"明天就是大年三十了，我和他一不沾亲二不带故,这么唐突地去,人家会开门吗?再说了,他们家的庙门从哪边开,我上哪找去呀?"

辣妹子见爹在屋外转悠很久了,还一脸的官司,喊了句:

"爹!今天怎么了,大过年的也不张罗着晚饭吃。"

"我是让这猪屎味给愁住了。想明天去城里找何书记,可是我又不知道他家住哪啊?"

辣妹子一听,要进城,高兴地说:

"爹,这还不简单。你先到村委会公式栏上找到何书记的电话号码,明天我陪你一起进城。顺便,你也帮我买件好衣服,我陪着你去他家不就完啦!不过,你也不能空手去呀,你今天上午才杀了猪,带两块肉去,咱们家的猪就是城里人说的土猪肉。"

刘富强回头看了女儿一眼,笑着骂道:"鬼妹子!连你爹你都算计。陪我进趟城,还要买衣服。"

"爹,你看,我这衣服早就过时了,陪你去领导家还不掉你的脸面啊!别忘了,别让人再喊我'懒汉'的女儿。"

刘富强一听,一脸不高兴地说:"那是过去!这会你穿的用的,在这村里比谁差了?"

刘富强一大早就起来煮早饭,交代在他家帮工的"二傻子","今天我要去县城,猪饲料都帮你配好了,你就按点去喂就行了,晚上回来,我们一起过年。"

辣妹子听着他们的讲话,也翻身爬起来,说道:"爹,进城也不用那么早啊!太早了,怕人家都还没起呢!"

"不早啦!今天是年三十,赶车的人多,早点去,早点回。"

刚走出了家门,隔壁的刘二婶热情地跟他打着招呼:"富强叔,大过

年的，还出远门吗？"

"进趟城，哎呀！我们家这傻姑娘闹腾，要去买身衣服，还非得要我陪着去。"

"姑娘大了，过年穿件新衣裳，也应该。平日里读书回来也帮你做了蛮多的事，花两个钱也是她自己在你那挣的！"说完，对着辣妹子吩咐道："要买，喊你爹买件好的！"

辣妹子也冲着刘二婶做了个鬼脸，说了声："二婶，我们去了！下午还得赶回来过年呢！"

"那快去吧！"

沿着那小路来到村子里，家家户户都张贴着大红的对联，按着当地的习俗，屋檐下都挂满了一串串火红的灯笼。院子门前清扫得干干净净，赶早的村民都与他们父女热情地打着招呼、寒暄几句。

这一刻，刘富强感觉到人们对他的态度变了。前些年，无论他走在村子哪个角落，人们都不理会，连正眼看他一眼的都少，最多是问一句："今天吃了吗？"这会儿就不一样了，自己的腰包鼓了，尊严也自然就回来了。

想到这里，他自言自语地发了一份感慨，对着辣妹子说：

"你要发狠念书，而今共产党对待农村有个好政策，带领大家走致富路，爹这会儿有钱了，只要你考得上，读什么大学，爹都供得起。"说完这些，没等辣妹子回答，他就挺直了腰板，向着疾驰而来的出租车扬了扬手。

二十

从霞染村回来的第一天早上，也许是期盼着年三十这天会有冬日的暖阳,早早的,太阳还没醒时何丰华就醒了。窗外的鸟儿,蜷缩在枝头上,晨风中醒着的鸟儿,扑打着翅膀,抖去了一夜的疲惫,在树枝间蹦跶着。先是一只在唱晨曲,后是一群在唱,把整个早晨都唤醒了,太阳刚刚露出山头,林间就更热闹了。

这个年三十的早晨,那一缕阳光,又把城市照亮,驱走了寒气。晨风里马路边、花池中那一朵朵的山茶,在阳光下展示着火红的花瓣,使得这冬日又有了春日的盎然。大街小巷都披上了节日的盛装,熟人相见都互致着吉祥。

何丰华一边跑着、嘴里喘着粗气,难得的轻松,他一会快、一会慢,移动着脚步欣赏着这晨风中久违了的闹市美景。川流不息的车流,拖着长长的尾气从他身边驶过,他停下脚步、背过身,用手捂住了口鼻。心想:这环境还真不如霞染村好,难怪那晨起的鸟儿鸣叫不已。

口袋里的手机吹响了冲锋号,他一看,是一个陌生号码打来的,习惯地用手指滑了一下接通键,听筒里便传来一个男人颤抖的声音:

"请问,你是驻霞染村的何书记吗?"

没等何丰华回答,那边又传来:"我是霞染村的刘富强。"

见何丰华没有反应,"就是'懒汉'!"

何丰华一听,便说道:"噢噢噢,是富强啊!怎么,找我有事吗?"

"我想问,你家在哪?我在城里,想当面找你说个事。"

"那你这会儿在哪呢?"

"在出租车上,刚到城里。"

"喔,这会儿我在钟山学校的马路上,你把电话给开车的师傅,我跟他说,他就知道了,我在这儿等你。"

何丰华把具体的位置告诉了出租师傅,又说了一句:"咱们一会见。"

何丰华站在马路边,耐心地等待着,一会工夫,一辆出租车就停到了他的面前,刘富强领着女儿下了车,何丰华向前一步,伸出右手,两个人热情地握了握,辣妹子也嘴甜、懂事地喊了句:"何伯伯,让您久等了!"

何丰华却关爱地说:"嗬!姑娘都长这么大了,书读得怎么样?"

辣妹子指着钟山学校,"我就在这儿读高二了!"

刘富强立马插上一句:"成绩还好咧!"

何丰华又鼓励道:"加油喔!你们吃了早饭没?"

"吃了!"

"找我有什么事儿?走,我领你们去我家,咱边走边聊。"

刘富强把昨晚上想了一夜的话,一五一十地对何丰华说了一遍,何丰华认真地听着,只是不停地、会意地点着头。走到他家的楼梯口,向后退了一步:"来,上楼。我家住在六楼!快上去吧!"

何丰华掏出钥匙打开房门,进门就招呼他老婆:"孩子他妈,快出来,有客人来了。"

有人从卧房里应道:"好,请进。我喂饱孩子就出来。"

何丰华的老父亲从沙发上站了起来,"快进来,快进来坐。"

刘富强站在原地,没有往里面走的意思。刘富强指着辣妹子说:"咱就别进去了,快把咱们给伯伯带的东西拿出来。"

辣妹子放下肩包,从里面掏出两块五六斤重的肉,喊道:"何伯伯,这是我们家昨天刚杀的猪,带过来给您尝尝。"

刘富强也笑着说:"您别嫌弃,咱农村人家没有什么拿得出手的。"

何丰华倒也不推脱,接在手上:"好好好。这是咱霞染村人杀的土猪,喂的土猪肉,我一定尝尝。"

他见何丰华收下了自己的土猪肉,便赔着笑脸说道:"心意送到了,我们就先回去了。大过年的,千家有千家的事儿。"

何丰华一听,一手提着肉、一手一把拉住刘富强,"那可不行,吃完中饭再走,咱们还有天儿没聊完呐。"

何丰华的老父亲也从沙发上起身过来拉住刘富强的手,"快到屋里坐,快到屋里坐,都是吃饭的点儿了,再忙也得吃了饭再走。"

刘富强看着自己脚上的鞋,何丰华明白了,"不用脱鞋,快进来吧。"

刘富强怪不好意思的,"把你们家地板都踩脏了。"

"不碍事的,没那么多讲究。"何丰华的妻子一边从屋里往外走一边嘴上说着,来到辣妹子跟前,拉着辣妹子把她扯到沙发前坐下。又冲着书房喊了一嗓子:"倩倩!快出来陪妹妹玩会儿。"

何丰华给二位倒了茶,拉过一张椅子在对面坐下。倩倩也从书房里走出来坐在爸爸旁边,大方地问辣妹子:"你也是钟山学校的吧?"

"是啊,你怎么知道?"

"我在那里读高三。你呢?"

"我读高二。"辣妹子兴奋地说:"那我们还是校友呢!"

何丰华看了一眼倩倩,吩咐道:"你领着妹妹到书房里去玩,我跟这位叔叔说点事儿。"

辣妹子看了一眼自己的脚,倩倩笑了一下,"不碍事的,来吧。"走到书房的门口,她弯腰从里面的鞋架上给辣妹子拿了一双带兔子耳朵的棉拖鞋,"别不好意思了,快换上吧,不换也没关系。"

辣妹子麻利地换了鞋,走进了倩倩的书房。倩倩带了一下门,虚掩着。刘富强目送着辣妹子进了屋,何丰华把水杯往前推了推:"老刘,喝茶。"

刘富强把茶杯端在手上,何丰华说道:

"你跟我反映的情况,猪屎粪污染环境的问题倒是个大问题,我回去啊,

跟村支两委商量商量，让他们打报告与政策对接养殖专业户粪便处理工程建沼气池。不过啊，这也得等到过了年以后才能着手。我呢，也利用春节找相关部门的同志了解一下这方面情况，看怎么对接落实，年后啊给你个答复。至于从后山脚下到枫树坳那段路的问题，村委会和扶贫工作队联合向县扶贫办早就打了报告对接，那也是咱们霞染村连组公路基础设施没有打通的最后五公里。把那段路修好了，到你家来拉猪的商贩，车就能停到你家门口了。"

刘富强一听，自己想了一夜都没弄明白的问题村委会和扶贫工作队早就提前列入工作方案了，便笑着问道："那路啥时候能修好啊？"

"过了年资金一到位立马就开工。精神文明村建设这也是一个上面检查的项目嘞。不过老刘啊，你回去过完年呢，我建议你啊，把那些猪屎粪先集中控制一下，买几担生石灰进行一下无害化处理，让它少散发些臭气污染环境。方法很简单，堆成堆后再撒上生石灰。担些黄土一盖，臭味儿就会小很多。春天一来，苍蝇也会少很多。把你那臭鱼塘的水放干，用生石灰消毒，过了年我再跟王老六商量商量，让他想办法把从你那塘里挖出来的淤泥运到他那里去种菜，回去啊你也找他商量商量，这事儿啊一准能成。"

"何书记，这怕不成。那里不通路，谁要，他都拉不走，运费太高了。"

"我不是让你立马就做，你把水先放干，塘泥挖出来放在塘边上堆着，那五公里的路修个毛坯的时候你再叫他们来拉不就行了？"

刘富强一拍大腿，"诶，看我这蠢的，都蠢成猪脑子了。"

"哪有，快别这么说，是我们的工作没做到位，是连组公路最后的五公里没打通造成的。"两个人越聊越热乎。倩倩的书房里也不时地传来两位少女银铃般的笑声……

何丰华的妻子自打喂饱孩子奶以后一直在厨房里忙碌着，老父亲打着下手，拿起刘富强刚带过来的肉对媳妇说：

"这肉看着新鲜，丰华在部队时就喜欢吃红烧肉，咱们今天就做上一碗，如何？"

"爹，我也是这么想的。"两个人会意地笑了。

剥蒜、切肉、过水，老父亲用娴熟的技艺麻利地掌着锅，一会儿工夫，一碗色香味俱全的红烧肉便出了锅。妻子把肉端上餐桌，走到客厅喊道：

"老何，快喊客人入席，菜都齐了。"

又推开书房的门喊了句："倩倩，领着客人出来吃饭了。"

又跑到两位老人的卧室，扶着老母亲走了出来。

餐桌上，何丰华不时地给刘富强夹菜倒酒，老父亲客气地陪着刘富强喝了一杯又一杯。

酒过三巡，刘富强话匣子打开了：

"何书记，我刘富强能有今天的好日子，我从内心里感谢你嘞。在我刘富强身上，你没少操心，说心里话，你不但帮我脱了贫致了富，还帮我摘了'懒汉'的帽子呢。

说真的，今天我到你这里来，是架了好大的势，下了好大的决心，才敢给你打电话，可以说是顾虑重重。

一怕村里人说我巴结领导；

二怕敲不开你屋里的门；

最怕的是因为养猪场污染环境你不让我喂了。"

何丰华一听立马安慰道："这怎么可能？一则我是一名共产党员，响应党的号召，驻村扶贫是我的职责，你脱了贫致了富功劳不在我这儿，你应该感谢党的好政策。

我们党的习总书记指出:'脱贫致富不仅仅是贫困地区的事,也是全社会的事。'

经过5年努力,精准扶贫深入人心,脱贫攻坚已经成为全党全社会的思想共识和行动自觉。

要感谢,你就应当感谢党。国家为打赢精准扶贫这场硬战,你还不知道吧?在资金上、政策上、制度上、供给上持续发力。并且为使扶贫项目资金能及时有效地对接到位,把审批权下放到县级,县级使用比例从2014年的70%提高到2017年的95%。

全国范围内累计发放扶贫小额信贷4437亿元,支持了1123万建档立卡贫困户发展产业。出台财政、金融、土地、交通、水利、电力、农村危房改造等一系列政策举措,打的是政策组合拳。

你们是受益者,所以说啊,要记住,国家强大了人民才能富裕,才能提高我们的幸福指数。老刘啊,咱们都是赶上了好时代。"刘富强听着频频点头。

辣妹子和倩倩都静静地竖着耳朵听何丰华讲出这一大串数字,立马开口道:"老爸,你能帮我写到本子上吗?我想着这是时事政治,来年高考一定会考的,一会儿一定帮我梳理一下记下来做个备份。"

何丰华赞许道:"呵!我这乖女儿还蛮有心计的嘛!你还别说,精准扶贫五年实施战略到今天已经到了攻坚克难的最后阶段,你们中学生也要多多了解这方面的知识,精准扶贫一定会载入史册。"

刘富强看了一眼墙上的挂钟、起身告辞道:"何书记,我已酒足饭饱,耽误你很多时间得回去了,今天是年三十得赶到屋里去过年。"

何丰华并不挽留,只是对着厨房喊了一句:"客人要走了,你也出来送送。"

"哦！来了。"何丰华的妻子从厨房里走了出来，手里提着一大包东西，"来，姑娘，这是你何伯伯帮你拿的一点糖果食品。"

又从围裙的口袋里翻出四百块钱，"这是我给你的压岁钱拿着好好读书，今天那红烧肉就是你拿来的，很好吃，谢谢你！"

刘富强瞪了一眼辣妹子，向前一步推脱道："这糖果，孩子喜欢我们就收下了，这钱说什么也不能要，何书记已经帮我们够多的了。"说完他拉开门扯着辣妹子就往门前走，噼里啪啦百里冲刺般的冲下楼梯。何丰华从妻子手中一把抢过钱追了出去，嘴里不停地喊着："老刘，你慢点别摔着了。"

追到楼梯口时，刘富强已经拉着女儿上了一辆出租车，他又紧赶了几步，只能望着那出租车的尾灯消失在那川流不息的车流中。

二十一

何丰华一家人早早地吃过晚饭，围在客厅里闲聊着，妻子从卧室里抱出了儿子送到何丰华手上，何丰华一会儿摸摸脸，一会儿摸摸鼻子，儿子发出咯咯的笑声，何丰华也笑了。妻子笑着责怪道："他刚吃了奶，你抱直点，别把奶笑出来了。"

何丰华的老父亲打开了电视机、说了句："今天晚上有春晚看的，新闻联播的时候说：今年春晚主持人还是当家花旦董卿，我倒要看看今年村晚的主持阵容还有哪些人？"

倩倩笑着凑到爷爷身边，一本正经地说道："呵！想不到爷爷一大把年纪了还是个追星族呢。"

奶奶在一边插话道："你是不知道！你爷爷年轻的时候可是一身的文艺细胞，那会儿在学校里可活跃了。"

"奶奶你咋知道的？"

"我和你爷爷都是炎陵中学毕业的，还是一个班的呢。"

"这么说你和爷爷还是早恋了！"

"瞎说！读书那会儿我看不上你爷爷。他家是乡里的，我们家是城里的，那会儿都讲究门当户对。"

"那你们怎么凑到一块了？"

爷爷笑道："别听你奶奶的，她是在告诉你别向她学。"

奶奶听了不作声了，那布满鱼尾纹的眼角，却透出了对少女时光的美好留恋，脸上泛起了一朵久违的红晕！

电视机里响起了著名主持人董卿那亲和嘹亮的声音，微笑着宣布：

"中国中央电视台、中国中央国际广播电视频道同步播出《美丽中国》春节联欢晚会。春回大地百花艳，节至人间万象新。"

老父亲两眼直直地望着电视屏幕，对何丰华说："董卿主持的就是好看！"

老伴挪了挪屁股，"哼"了一句："我还是觉得过去的赵忠祥和倪萍好看。"

倩倩在一旁帮腔道："爷爷是赶新潮，你那是念旧情。"

何丰华没好气地说了一句："倩倩！不许胡说，没礼貌！"不高兴的倩倩起身回书房去了。

老母亲也喊媳妇："快扶我回房去，坐久了，这腿没知觉。"就剩下何丰华抱着儿子，和老父亲在客厅里守着这岁月的轮回。

妻子出来抱过儿子，对何丰华耳语道："瞧，老太太又不高兴了。你快去哄哄！"

何丰华起身，给老父亲倒了杯茶，又端了一杯到老太太屋里去，一本正经地问："娘！喝口茶吧。那腿麻得厉害吗？要不我送你去医院吧？"

"不用、不用，我躺会就好了。"

何丰华坐在床边的蒲凳上，弯下腰，帮老母亲做起了按摩。老母亲把腿收了回来，说道："不用按，不用按，不用按，人老了毛病自然就多。你们呐年轻的时候就要多注意身体，到老啦就少遭点罪。你去看电视吧，我安静一会就好了。"

何丰华看着老母亲缩腿那麻利的动作，心里不觉地笑了，"唉！人呐，不管到多大，那一份爱的执着总是铭刻在心的。"

"娘，那我就先出去了，看看倩倩在干什么。一会儿吃年饭的时候，我再来叫你。"

二十二

何丰华和妻子按习俗，在厨房里叮叮当当的忙活着年夜饭，客厅里老父亲在那数起了一、二、三，妻子扯了一把何丰华，"快出去，陪着老父亲一块去数秒、过年去！"

"好！"

新年的钟声在三个人的合力下数到了最后一秒的和声，《难忘今宵》的旋律响起时，老父亲非常的激动，"李谷一，这个咱湖南妹子，每年的村晚《难忘今宵》都是她唱的咧！"

妻子附和道："她唱得好咧！"侧过身，本想着要丈夫何丰华也附和

一句,却见何丰华从厨房里捧着一碗热气腾腾的菜走出来,嘴里还喊着:"快把娘扶出来,叫声倩倩,吃年夜饭了!"

老父亲慢慢地站了起来,"这个点儿正好,辞旧迎新呐!"

倩倩从屋里伸着懒腰走了出来,对着老妈说了一句,"新年好!恭喜发财,红包拿来!"妈妈笑着答道,"好!好!好!大家都好!快上桌,吃团圆饭。"又走到自己的卧室里,把小儿子抱了出来。

何丰华给老父亲倒好了酒,顺手从围裙的口袋里拿出了一沓红包,把两个大大的红包递给妻子,对着这两个老人努了努嘴,自己走过去接过妻子怀里的小儿子。

妻子起身,把一个红包先递给了老父亲,说着吉利的话:"愿您福如东海!"又将另一个红包递给老母亲,说道:"愿二老寿比南山,健康快乐!"二老频频地点头,回应道:"托媳妇吉言、托媳妇吉言!"

坐下后接过丈夫怀里的儿子,何丰华又把一个红包双手递给了妻子,"来!老婆,谢谢你多年来为这个家的付出,还为我添了个胖儿子。"

妻子的脸一红,笑道:"嗬!在乡下当了'第一书记'就是不一样了,还学会哄人了!"

又把一个红包递给了女儿倩倩,说道:"愿我的女儿今年能高考如愿,考上理想的大学!加油!"倩倩伸过了一只手,他与女儿击掌为约。

窗外不时炸响贺新春的礼花,五颜六色。何丰华陪着老父亲推杯换盏,他一边吃、一边想着:这岁月的轮回真是快呀!两年前的今天,自己为了能让战士们看上村晚,在边陲站岗值班。今晚,自己身为扶贫"第一书记",也应该问候一声自己的帮扶对象才对呀!

想着,他放下了碗筷起身,走到客厅,拿起手机拨通了"二傻子"家的电话,那边传来的是:"何书记!新年好!给您拜年了!"

何书记应着,"好!好!年夜饭准备好了吗?吃了什么好菜?"

"书记,有鸡有鱼,我媳妇儿也回来了呢!"

何丰华一听,高兴地说道:"那就好,那就好!祝你们一家幸福快乐。"放下电话,他又拨通了霞染村支书的电话,一阵寒暄后,他又关切地问道,"村上的村晚准备得怎么样了?我初二就回来,咱们一起再过过戏。"

"我问了李永新老师,他们准备得很充分,初七舞板凳龙、搞村晚。"

"你辛苦了,我初二就回来。"

"没关系的,你在家多陪陪家里人吧!村上的事有我在。"

妻子见这个电话打个没完,走过来一脸没好气地说道:"你这'第一书记'当得,年饭都没吃完,又谈起工作来了。人家村支书也想消停地过个年咧!你也不怕别人烦你,工作狂!快上桌,爹还等你喝酒呢!"

她等何丰华一起身,就从茶几上捡起了他的手机,设置了静音。这餐饭吃得很久,一家人似乎也都吃得很香。

二十三

一缕阳光透过了窗外,何丰华长长地伸了个懒腰,揉着他那朦胧的睡眼,妻子抱着儿子坐在床边,见他醒了,说了句:"睡好了?昨天晚上挖了多少金呀!"

何丰华笑了笑,问了句:"几点了?"

"快九点了。"

又伸手到枕头下面摸手机,妻子笑道:"别摸了!手机让我开了静音,

在客厅呢！"

"哎！快点帮我拿来。你真不懂事，在村里挂职，要是别人给我打个电话都不接，老百姓们会怎么想？"

妻子抱着孩子拿来手机递给他，何丰华顾不上穿衣服，滑开手机一看，问候的短信、未接电话一大串。他找到最近的，一条是张局长的未接电话，他立马拨过去，张局长那边就传来："老何，新年好呀！"

他回了一句："局长好，刚才手机不在身边，没能接到您的电话。"

"噢！是这样的，局里今天10点钟召开春节团拜会，我这就喊小吴来接你。还告诉你个好消息，年终的时候，市扶贫办发来通知，咱们局被评为'精准扶贫工作先进单位'，你还被评为市里的先进个人，我代表局党委，给你拜年的同时也表示祝贺哦！"

何丰华谦让地说道："我还做得不够，成绩归功于党、归功于局党委的正确领导、归功于同志们的大力支持。"

妻子见他说得没完没了，白了他一眼，"大道理说多了没用，快穿衣服吧！别冻着了。我看你睡得香，知道你在乡里没睡好。这不，一家人都等你吃新年的第一餐饭呢！"

何丰华不好意思地笑了笑，"哎！你早叫我咯！别人年饭都是赶早吃的。"

"爹说没关系，早点晚点，只要一屋人团团圆圆地吃上一口就好。还说，等你醒了再开席。"

何丰华麻利地穿好了衣服，快速地洗漱完，走到餐厅，对着坐在那的老父亲说了句："真不好意思！我睡过头了，要一屋人久等了。"

"没关系的，旧风俗新年第一顿饭只要没开门、年兽进不来、抢不去，剩下的就都是福啦！"一屋人听老人这么一说，都哈哈地笑了。

何丰华陪着一家人在欢笑中吃完了这新年的第一餐饭,手机的冲锋号又响了起来,是张局长派小吴来接他的车到了。妻子给他找出了一件平日里很少穿的羽绒服,催促道:"快穿上,新年第一次出门参加活动,别让人家领导们等。"

团拜会的现场在局里的大会议室举行。这里是他很熟悉的场地,只不过今天挂满了彩带,飞满了彩球,长条大桌上摆满了各式瓜子花生,糖果还有一盘盘橘子苹果香蕉,靠墙的一侧局里几个年轻的姑娘忙碌着给每位赶来的同事倒茶端水。

十点十八分,工会主席杨小柳手拿麦克风开始主持团拜会:

"同志们,一年一度花开时,春风扶柳燕先知。今天我们全局上下在这里辞旧迎新,局党委、行政、工会、共青团、妇联一起举行团拜会,来给大家拜年。在此,我代表局工会向辛勤为这座城市作出了卓越贡献的每一位同仁们鞠一躬,并祝愿大家阖家欢乐,幸福安康。也请你们把局工会的问候转达给您的家人们,谢谢他们对我们工作的理解和支持。"

她的话博得了全场热烈的掌声,"下面请局党委书记局长,作新年致辞。"

张局长满面春风地走上前台,双手抱拳大声地说道:"各位同仁,同志们,来宾们,小朋友们,在这里给大家拜年了。

鼓乐声声辞旧岁,欢歌笑语迎新年。过去的一年里我局上下一心,紧紧地团结在以习近平总书记为核心的党中央周围,在市党委、市人民政府的正确领导下,坚持社会主义核心价值观,不忘初心、牢记使命,以习主席系列讲话精神为指南,狠抓党建、谋发展,科学规范的管理城市,做好工作。根据国家的法律法规履职尽责,依据国家和省、地关于城市管理、市容市貌环境卫生、市政设施管理的方针、政策、法律、法规,

结合本地情况,我们拟定了贯彻执行的具体办法和规范性文件,并组织实施和监督检查,行使市容环境卫生管理方面法律、法规和规章规定的行政处罚权。

过去的一年里取得了优异的成绩。特别是我们局的精准扶贫工作成绩显著,市精准扶贫办已报送我局为市精准扶贫先进工作单位,我局派出的驻村'第一书记'何丰华同志同时被申报为精准扶贫驻村工作先进个人。在这里,我提议大家以热烈的掌声对何丰华同志表示热烈的祝贺。

何丰华同志在精准扶贫工作中深入实际,努力工作,用实际行动真正树立了新时代中国特色社会主义思想,不忘初心、牢记使命,高举中国特色社会主义的伟大旗帜,为贫困户出点子接政策,带领他们决胜全面奔向小康社会,为夺取新时代中国特色社会主义伟大胜利,为实现中华民族伟大复兴的中国梦不懈奋斗,在精准扶贫工作中作出了突出的贡献。我提议在这新年举国上下欢庆春节之际,借此机会请我们的稽查科长何丰华同志上台为大家说上两句。"

当掌声再次响起的时候,何丰华踏着矫健的步伐走上台,给大家敬了一个标准的军礼,说道:"我给大家拜年了,我不会讲话,离党的要求我还差得很远,借此机会我为大家唱首歌吧。事前不知道局里会有团拜会,没有做什么准备,就给大家清唱《我和我的祖国》。"

他稍作停顿,一串《我和我的祖国》那饱含深情的音符便从他内心发出。

张局长走到人群的中央说了句:"同志们,一起唱!"顷刻间,《我和我的祖国》在会议室上空回荡。

局领导们一边唱着歌一边走上台来,与何丰华亲切地握手,"丰华,辛苦了。"

很多人一边唱着歌一边走到他的跟前竖起了大拇指。

二十四

正月初二，按照农村的风俗习惯，常言道："初一崽，初二郎，初三初四拜街坊。"

何丰华一大早提起公文包和装了几件衣服的袋子跟妻子说了句："霞染村初七要开村晚，我得过去凑热闹才行。"

"初七还早呢，破了五再出门不行吗？别人家的男人都巴不得在家里多呆几天，你倒好，才回来四天又急着赶回去。"

"唉，我这不是忙吗？村里组织那么大一个活动，每一个环节都不能出差错，意识形态领域坚持正确的舆论导向，也是我们精准扶贫工作的一项很重要的工作嘞。"

"节目你们不是都选拔过了吗？再说，还有村支两委那么多干部呢。"

"我是驻村'第一书记'，协助村支两委指导工作是我义不容辞的责任。这个时候，我可不能掉链子。"

妻子不再说什么，"那你等等。"又回到屋里拎出一大包吃食，递给何丰华道："大过年的，你回霞染村，别人到你屋里来商量工作，总不能连瓜子花生糖都没有一颗吧，又问了一句："别的队员都回去了，你到那儿吃饭怎么办？"

"哦，咱当兵出身的，别的本事没有，就是在野外没有一粒米也能生存嘞。"

"那我再给你带两包饼干去。万一忙不赢也能垫垫肚子。"何丰华直摆手，"不用不用。"

老父亲也从屋里走了出来，催媳妇道："新年刚出门你就高高兴兴地

放他去吧,开个好张、留个好兆头。"

老父亲把何丰华送出门,见媳妇还是一脸的不高兴,安慰道:"他就是那么个犟驴。你跟他生活那么多年了,也应该知道,他认准的事儿啊,九头牛都拉不回来。你要是硬不让他去,在家里也不会有好脸色,更不会让人开心,倒不如让他去了,他心里可是挂着这个家呢。忙完了一准儿就回来。"

没等媳妇回答,桌上的电话又响了起来,媳妇抓起电话,是何丰华打来的。"喂,老婆,别生我的气。这样吧,我初七过来接你们,来看我们霞染村的村晚。"

"这个,你跟爹说吧。我拖着个孩子怕是出不了门。"

"没关系的。"

"不行,你也不想想,女儿就要高考了,我得在家督促她多看点儿书,利用这假期帮她辅导功课,老母亲腿脚不方便,能出门吗?你还是算了。别担心屋里,忙你的工作去吧。"

"那这样,我把实况请人录好,用微信发给你,村晚上还有我的节目嘞。等我上台的时候,我让小胡给你连线直播,可以吗?"

"行,那我就等着看你的精彩演出咯。你这会儿到哪了?"

"在车上呢。"

"那就多保重,我先挂了。"

收了手机,何丰华望着窗外充满喜庆的村落、集市上身着新衣的人群相互问候的举止和张灯结彩的楼宇,心想:改革开放四十年来,社会发展了,人们的物质生活水平提高了,获得感与幸福指数都有了很大的提升。即便是贫困户也都做到了"两不愁"——不愁吃不愁穿。想着想着,在车子晃晃悠悠的行进中陷入了梦乡。

"喂，同志，你快醒醒，你不是去霞染村吗？到了，该下车了。"

何丰华从睡梦中醒来，诙谐道："这么快？我梦里的酒还没喝完呐。"

乘务员也笑着附和道："那就回去接着喝。"惹得一车的人哄堂大笑。他起身提起包，走到车下，还不忘回头向车上的人挥了挥手。

何丰华一走进村委会的大门，村支书就迎了出来："何书记，同志们听说你要回来，都在这等你呢，村长把他家的菜都拿来了，田嫂拿来了鱼，陈老四还从他们家拿了桶米酒来呢，一会儿咱们就在这村里吃顿团年饭。"

"好啊！咱们来个开门红。今天这个客我请。"

村长一听，打着哈哈道："今天这个客是大家家里拿菜来，吃的百家饭，尽的是一份情，你怎么请！它不违规。"

"那也不行，扶贫工作队有规定不能接受任何形式的吃请，因为组织上给了我们足够的伙食补助。"

"今天我们吃的是热闹餐，拉你凑个热闹总行了吧。"

"我一定不扫大家的兴，跟大伙一起热闹热闹。但是后面你们也不要为难我就是，按制度办事。"

村长一跺脚笑着道："我知道了，后面不要你管事，我交。"

"那也不行，得按政策办事。"

支书看了眼村长："你就别为难他了，他今天初二就来村上就是我们全村的福气，30块钱交不穷老何。"

田嫂招呼道："菜都齐了吃饭吧。"

村长拉过何丰华："今天我们两个坐上头，一醉方休。"

饭菜一会儿工夫就一样样的端了上来，会计陈老四，转了一圈给大家斟满了酒，村长率先举起了酒杯："大伙听着，今天这第一杯酒，我们一起敬何丰华书记，他来到我们村上2年了，为我们霞染村在党建工作上、

精准扶贫政策对接上与村支两委密切配合，对接项目20余个。148户贫困人口，在短短的2年内132户摘掉了贫困帽，走上了致富路。来，就为这一点我们大家敬何书记一杯。"

话音刚落，人们都起身举起酒杯，村长脖子一扬，"干了！"

何丰华也举杯，道："谢谢各位！在过去的一年里对扶贫工作队的大力支持与配合！在此新年之际，我祝大家新年快乐万事如意！"说完，把酒杯一举，一干而尽。

村长依稀记得看见第二次何丰华端酒杯了，做村长两年多来，无论在什么场合，没有人能劝何丰华喝酒，有时，村干部们私下里议论过：何丰华书记行伍出身，在部队上干了二十五年，应该能喝很多酒。可是，无论是下乡还是集体聚餐他从不端酒杯，吃饭都是用军人特有的速度，吃完就走。如果是下乡，离驻地太远在村民家里搭餐，也会按规定把伙食费悄悄地放在碗底下。有时，村民会拿着钱追逐好远，嘴里还嚷着："书记！吃碗农家小菜饭用不着拿钱。"何丰华总是笑着说："应该的应该的。"

有时，也会遇到不理解的人，追上他把伙食费红着脸塞回到他的口袋里丢下一句："书记，你这不是瞧不起我吗！你从城里来到咱乡下，扶贫受累，就这一餐饭还给钱，你这不是打我们的脸吗？"

从此以后出门之前他就会跟其他队员说："今天去得比较远，大家准备好干粮！"

今天，是看见他第二次端酒杯，村长一边跟会计陈老四说："快！给何书记倒满！"何丰华却说："不喝了，我敬了大家一杯酒，意思到了，你们尽兴就是。"拿起桌上的碗，喊道："田嫂帮我装碗饭。"田嫂接过碗："我去厨房装。"

村长不再劝他喝酒，他记得看见何丰华第一次喝酒，还是在霞染村招生引资土地流转的招待席面上,苗木培育基地老板——于子兴将何丰华书记的军,把一瓶酒分成两杯对何丰华书记道:"何书记!我知道你一心想为贫困户在土地流转上能多收入几分钱,咱们俩只要酒杯一碰,一干而尽,我转你的山地每亩加三十元。"

何丰华笑道:"喝两杯就加六十元吗?"

于子兴想都没想一下:"也行。"

何丰华立马叫坐在身边的文书,把转让合同拿出来,递给于老板,对着转让价格的数字说:"你自己把它改过来。"

说着,抽出自己身上的笔递到于老板手上。"来,每亩改成一百六十元我就喝!"

于老板却说道:"来!咱们干了我就签!"

何书记也不含糊笑着:"君子一言,驷马难追。"说完,何书记左手端一杯、右手端一杯两人一饮而尽。

于老板竖起大拇指,赞许道:"何书记够爽快!"说完,捡起桌上的笔,在合同上改了每亩扭转单价为一百六,一边签一边说着:"我来这里投资就是冲着何书记为人来的,我流转土地也是为贫困户来的。多这几十块钱一亩也算我为我们霞染村精准扶贫尽了一份力。何书记你放心,我欢迎土地流转贫困户在我的苗木基地入股分红,参加劳动生产,我出钱给他们买两保,解除后顾之忧。从今天起,我也是我们霞染村的一员了。"

一番话赢得了满席喝彩呀!何书记伸出手紧紧地握住于老板的手,说道:"我就把那些你用地的那十九家贫困户捆在你的苗木基地上,你富了,他们也一定能脱贫。"

于老板应道:"放心,咱们一言为定!"

二十五

村长走过来:"书记!今天是大年初二,今天晚上到我家去吃饭。"

"不用!年前我答应刘富强去他家养猪基地去商量怎么治理猪粪便的处理问题,顺便再去查看一下枫树坳最后五公里,村年公路的走向问题,倒不如你跟我一起过去好了。"

"也好,那咱们再一起赶回来去我们家吃晚饭。"

众人一听村支书和何丰华要去刘富强的养殖基地,都嚷着:"咱们都一块去,城里人有春节团拜会咱们也来个新年走千家,给乡亲们拜年去!""百家菜"的宴席,在众人的欢笑声中,散去。

田嫂从厨房里走出来,也对着何丰华笑着说道:"我家就在枫树坳,今天晚上就到我家去聚餐。"

村长这会来了精神,"我们这一伙人都去,你们家这锅子有多大呀!不怕我把你吃成贫困户?"

"那倒好了,你们再带领我脱贫就是。"

"行!"众人都起身一窝蜂地跟着村长的后头,涌出村委会的大门。

节日气氛里的霞染村,整洁的村道上不时走过拜年的人群,新年好的话语声,和着一声声吉祥的问候笑语,不时地从身边传来。

拜新年汽车的喇叭声与人们的问候声交织在一起,透着这一方乡土节日里的祥和。

不时地,有沿路的村民与这一群乡干部们打着招呼,"进屋里坐会吧喝杯酒",有的从屋里拿出瓜子花生,有的村民还把村干部们往家里拉,嘴里笑着:"平日你们忙,这大过年的,一定到屋里坐会。"

何丰华不时地被乡亲们的热情所感动，被这朴实的民风所感动。

何丰华要去"懒汉"刘富强家的消息不胫而走，耳朵长的人，早早地没等何丰华出门，电话就打到了刘富强家。他一听说何书记要来，招呼着辣妹子："快收拾屋子！把茶烧好，一会村里的干部要来咱家。"

又跑到隔壁宝庆家，一进门，拱起双手："新年好，新年好！"对着宝庆媳妇道："村里的干部要来我家，你过来帮帮忙弄桌饭菜。"

"他们到哪了？"

"说是刚出村委会。"

"那怎么还弄得赢？干脆就请他们来我们家吃晚饭好了。东西都现成，在我这弄，油盐罐子摸得着一些、摸得顺手。"

"也行。那我杀两只鸡，你拿过去炖了，刚杀的鸡好吃一些。"

一群人来到了山脚下，会计陈老四大老远就扯着脖子喊："刘富强，看着你屋里的狗，村长来给您拜年啦！"

刘富强应着："狗拴着呢。"一边说一边去迎，隔老远就喊着："新年好、新年好！"拉着何丰华的手，"书记辛苦了！我还当你是开玩笑呢，这大过年的，你还真来了。昨天辣妹子还跟我说起你，我们俩还打了一个赌。看来，书记的诚信没说得。"

何丰华转身，想跟村支书说点什么，不经意间看着大家都捂着鼻子，笑道："同志们，这猪场的气味与自然环境也不大和谐啊。"

会计陈老四接了句："肉好吃，香！这猪屎味也着实臭啊！"

村长接着道："一家一户喂个三两头猪，倒还不觉得。可今天到他这，这臭味确实很浓。"

大家伙议论着，跟着刘富强到了院子里，大黄狗汪汪的叫着，辣妹子嚷着："别叫、别叫！打死你！"狗儿倒也听话，摇着尾巴，在原地打了转转。

宝庆手里拽了一盒烟,从他家里走过来,一一地敬着、寒暄着。

何丰华拉着村支书的手说:"他这块呀,这猪场成了周边环境的污染大户,猪屎粪就是污染源。正月三十,刘富强找到我家,问我怎么办。我就跟他说,过了年我请村支书、村长过来看看,再拿个方案出来。那天,我给他出了个主意,叫他把猪屎粪集中做无害化处理,再根据今天现场调研的实际情况,村里面向上面打个报告,争取上级扶贫办环境治理的专项资金建一个大型的沼气池。"

村支书立马表态:"这个方法可行,还是一举两得的法子。一则治理了环境,二则还能利用清洁能源。"两个人统一了思想,

何丰华道:"那咱们就尽快召开村支两委会议,把一会要去看的枫树坳五公里连组公路项目与杨梨花的有机蔬菜大棚建设完善项目,一起向上级扶贫办以及相关职能部门进行报告对接立项。争取专项政策资金支持。"

村支书连连点头,"好!咱们明天就开个会,作为任务布置下去。"村支书大声喊刘富强道:"来!带我们到你房前屋后看看,到你的猪场转转。看把你的臭气能放哪装得住。"

刘富强应着:"来了!"便领着大家先去了猪场。

何丰华问着:"你这里面还养了多少头猪?"

"百把斤的还有四十头,仔猪还有三十头。"

支书一听,笑道:"你平时里跟我们说只能装下六十头,你卖完还有那么多,还打埋伏啊。怕我们知道你富了不成?"

会计陈老四立马插话道:"唉!'懒汉',你没有吃足政策的补助款嘞。"

刘富强笑呵呵地说:"不碍事的!国家的帮助对我够大了,我靠养猪也脱了贫、致了富。国家的钱我少报存栏头数,是有意的。国家拿扶助我的钱去扶助那些没脱贫的人不是更好吗?我也算为扶贫出了把力。"

陈老四听到这番话，心里嘀咕道："既然这样，你还找到书记家里去了。建沼气池你自己掏腰包不就完了吗？"

何丰华似乎听出了陈老四的话外音，语重心长地说：

"看他这猪舍和这房子，你们就应该知道，他只是脱了贫，要致富还在路上，凭他刚刚说的那段话我们也看得出，他只要有能力，是不会提出要求的。当下国家注重环境保护，打造青山绿水，同时也提出城乡发展的过程中，不能以牺牲环境为代价。所以说呀，大家都到这里闻到了、看到了，刘富强的养猪基地环境污染问题，是我们村上必须着手解决的环境治理项目。"

村长招呼大家向枫树坳走去，看那五公里的连组公路怎么修，刚走到，有人便说：

"村长，我看就别去了，那条路不知划了多少次线，吴家的坟地动不得，李家的果树挖不得，不说远了，就保山家的那破牛栏，你都绕不过去，要不然早就修通了。"

何丰华把刚刚村长的话记在心里，在村支书的带领下，领了一帮人往里走，村支书一边走一边给何丰华介绍情况：

"枫树坳早些年是独立的一个村，前年才合并到霞染村的，里面住着稀散的二十六户人家，二百三十四口人，六户贫困户，年轻的壮劳力都外出务工了，主要经济来源就是靠这一溪水浇灌的农田，一条一米多宽的古石板路是进出坳里的唯一通道，遇上下大雨涨洪水，漫过小路，里面的人出不来，外面的人也进不去。每次去规划修路，里面村民的阻力又特别大，从山上走要移坟墓，绕屋场走、溪边过要毁水田，村民们寸土不让，又加之迷信思想严重，说修路、开山、毁田会坏了风水，几次立项都搁浅在这最后五公里。"

　　一帮人往高处走着,走走停停,半路上路过张老汉家时,他扛着一条扁担,站在石板路上,一见村支书,劈头就是一句:"你们这路,什么时候修啊?国家早就说,村村通公路,户户连村路,那修路的钱,莫不是说都让你们贪污了去了吧!"

　　支书上前一拱手:"新年好呀!我们这不是进来看了吗?"

　　"光看有什么用?这霞染村家家户户都通了车,唯独我们这儿肩扛马驮。"

　　村长没好气地回了句:"谁叫你们这坳里的人不齐心!"

　　"话可不能这么说,只要你们给钱,我这房子扒了都行,可是这会儿我要你们拆了房,我到哪住去啊,你们也得给我一个说法,才能扒不。"何丰华一听,这怕就是村长刚刚说的钉子户了。何丰华没有多说什么,招呼大家继续往里面走。

　　只见那一山翠竹伴着小溪里的潺潺流水,两旁的水田连着弯弯的石板路向山坳里延伸,风儿拂过,翠竹发出嘶嘶的声响。几头黄牛在田埂上悠闲的漫步,啃食着青草,远处的农家不时地传来几声公鸡的长鸣。村子里的人家见石板路上有一帮人在往里面走,好奇地都走出屋来观望,有熟悉的便朝人群里打个招呼,寒暄几句:"忙完了屋里坐啊!"

　　何丰华一路走来,观山势,看整个村民的房屋分布情况,初步规划出了行走路线,两个小时的山路,走到尽头时,他来到了枫树坳里最里面的一户人家。主人吴老汉出门热情地招呼道:"各位领导新年好,快,进屋歇歇脚。"说着对着村长笑道,"我好久不见你们过来了,这大过年的,走进来怕是有什么事吧!要是有什么好事可别忘了我哦!"

　　村长应道:"是好事,要修路。"

　　"都架了几回势了,都没见你们把路修进来。要是真修进来,也要修到我家门口才好。你看按上回你们划定的路线，我把屋里面的竹子都砍了，我自己也修了一点毛坯路，到时候村里拿水泥帮我硬化一下就行了。"

看到吴老汉，何丰华心里有了数，他原先是枫树坳里的当家人，村里边的大小事务都能插得上话、帮得上手，老百姓对他十分尊敬。

何丰华想，何不利用他在群众中的威望，正月十五的时候，舞板凳龙，就以他家为起点。按习俗，每家每户都要接龙，他们自己也会感觉到，路不宽敞，给生产生活带来的诸多不便，会在修路、规划路线的过程中，减少工作压力。

想到这儿，他跟吴老汉聊起了正月的板凳龙。何书记问："今年舞板凳龙，记着你还要我参加来着。哪里出龙？"

"都是从西边的河子坳出龙。舞板凳龙啊，是咱们老祖宗传下来的习俗。每年正月，都会舞板凳龙，咱霞染村这儿，分两个方向，到现在你们村委会那地界的龙王庙汇集。一般，阴历十二会从龙王庙那儿请出龙头，干龙从我这枫树坳点睛出龙，湿龙从西头河子坳点睛出龙。"吴老汉说到板凳龙眉飞色舞、滔滔不绝。

何丰华问道："那这一定有个什么典故吧？"

吴老汉说："相传汉朝的时候，霞染村大旱，东海的一条水龙不顾一切跃出水面，下了一场大雨，但水龙由于违反了天条，被剁成一段一段，撒向人间。人们把龙体放在板凳上，并把它连接起来，人们不分昼夜地奔走相告，希望它能够复活，霞染村舞板凳龙的习俗也由此而生，延续至今。"

"呵！那这儿还有段历史呢，从汉朝至今，也有2220年了。吴老，今年子这龙，还得从您这儿出，而且，您还得事先跟左邻右舍商量好，今年舞的这板凳龙啊，是改革开放四十年的龙，要有寓意，要彰显着咱们霞染村的富裕生活，还要歌颂党的富民政策，舞出咱脱贫后的幸福感，舞出咱

霞染村的中国梦！"

"何书记，这个啊，我想好了，我们枫树坳组成两排灯笼字，中国梦，我的梦！中国梦，霞染村人的梦！"

何丰华插话道："要把咱农民的幸福生活，舞出来！今年的舞板凳龙，要家家户户都参与，特别是那些贫困户。吴老汉，你要上门说一声、请一请，即便是出不了门不能参加的，龙头也要进门入户，送个吉祥。今年板凳龙走的是千年青石古道，来年，连组公路修通了，舞狮子、舞龙就宽敞一些了。也许，今年这板凳龙是咱们枫树坳由高到低、舞着山野的青石路最后一次了。"

吴老汉见何丰华这么说，点了点头道："枫树坳建档立卡户，据我所知只有九户没有脱贫了，张老汉家是最贫困的一家，那几间土楼除了一间能住人以外其余的都早已夏不遮雨，冬不避寒了。眼瞅着都要倒了，他家从开始有扶贫政策就是帮扶对象，这么多年也没个起色，唉，你们扶贫工作队也受累呀。"

何丰华问："张老汉是怎么回事儿？他们家没儿没女吗？"

村长接过话来"有，有一个五十多岁的儿子是个智障，这会在敬老院住着呢，那他也可以送到敬老院去呀！"

"不行，不符合政策。"

"走，我们去他们家看看。"

吴老汉起身，"等我一会儿，我去屋里带个礼物过去，大过年的。一会工夫他从屋里提了两瓶酒和一盒安慕希牛奶。"

何丰华摆了摆手："不用这些，过一会，我们拿点慰问金就好了，我们是邻居，一个村住着。"

村支书吆喝了一句:"往回走了,这枫树坳里的贫困户,你们也多去拜拜年走动走动,我与何书记在坳门口等你们。"

大家伙应着,两个人一组、三个人一伙拨散了去,吴老汉领着何丰华和支书一行人,顺着西边的石板路走进了张老汉家,只见张老汉,坐着一把竹椅,两三只鸡在他脚边上悠闲地捉拾着老汉手中的玉米,他一见吴老汉领着一帮人进了院子,把手向远处一扬,鸡便追了过去抢拾着。

吴老汉对着张老汉拱了拱手"新年好啊!"张老汉也抱了抱拳"在你屋里呢!"便把手上的东西递给张老汉,笑着介绍道:"村干部们我就不多说了,你都认识,这是上面派来的精准扶贫工作队的'第一书记'何丰华何书记。"

"哦,早晨进坳的时候打了个照面,我还问他这路什么时候修通呢!"

吴老汉一听,打着哈哈:"呵,你这一锄土都不给人家动,那路怎么修得通呀?"

"你那是老黄历了,那是还没有合村并组时候的事,要拆我的房,收我的地,我一个孤老头子,房子拆了,我修不起,田土没了我吃啥?光靠那点低保钱,我还真活不了人。"

"你不是够五保条件吗,怎么不愿意进养老院吗?"

村长接过来话茬:"他有个儿子患了老年痴呆,早年去了邻村做了倒插门的女婿,膝下无子,进了敬老院。"

何丰华说:"那他也可以呀?"

"他不行,我们报了很多次,上面都说,他儿无儿、他有儿,不符合相关的条件,所以村里没有办法,只好帮他报了低保。"

何丰华听了以后,一脸无奈地笑了起来,对着村支书说道:

"你看这样行不行,这种情况,把他作异地搬迁安置,你看他的房子,

继续修缮的费用肯定大于搬迁费用了。要打通这五公里路，他这里是必经的规划路线，绕过它去就要破坏古老的石板路，毁了那千年的石桥，我们下一次在村连组会议把这个问题抛出来，交给广大村民，征求意见，与相关政策对接。"

村长搭话道："如果他本人愿意，我看这个方法可行。"

何丰华对张老汉说："老人家，把你搬出坳里，你愿意吗？"

"搬出去，你把我放哪呀？我外面没有房子，也不能投亲靠友。"

"他们的山脚下有一块地是村集体的土地，过去的茶园，就在那给你划块房基地。"

"光有地不行啊，我没有钱盖房子。"

"就这么说吧，您愿意搬出去吗？"

"行啊，但是我真是没钱，"

何丰华又接着说："如果这个事办成了，你这个老宅是要拆掉的。"

"这倒没关系，你们不拆它也顶不了几年风雨。"

村支书电话响了，是刘富强打来的，"支书，你们出来了吗？饭菜都弄好了，就等你们出来喝酒。"

支书对何丰华说道："'懒汉'家的饭菜都做好了，你看我们是不是应该出去了？"

"那就过去。"何丰华起身，从口袋里掏出200元钱，放在张老汉手上，"老人家，这是我们工作队的一点意思，钱不多，也代表我们精准扶贫工作队的心意。"

张老汉颤抖着双手接过来攥在手上，"谢谢，谢谢政府的关心。"

何丰华说了句："政府关心是应该的，我们关心每一位贫困户，只要你们过好了，我们就开心了，一定要多保重身体。"

往回走的路上，何丰华心里在想：这最后的五公里，没修通，他们的理由是张老汉家的房子阻了工，他发现：张老汉并没有他们说的那么蛮不讲理，他是对政府的有些规定有怨言，第一，自己早已丧失劳动能力，虽有个儿子可也进养老院，自己却不能，这样问题没有得到有效的解决，作为一个弱势群体，他唯一的发泄就是守住自己那一亩三分田，寸土不让，据理力争。

走在溪水边的田埂上，他突然问村长："这些田都是枫树坳的吗？"

"对。"

"那如果有一位老板，愿意搞土地流转的话，这个坳里面的田垄非常适合稻花鱼的养殖，你看这里溪水长年不断，就具备了水源充足的条件，从山上往下游走，水地落差可自流灌溉，减少了人工投入成本，稻花鱼与水稻套养又减少了水稻的病虫害，使之增产增收。"

大家你一言我一语地聊着，空气里弥漫着一股养猪场飘来的气息，村长笑道："呵，这刘富强家的臭味还传得挺远嘞！"

刘富强站在自家屋边青石路上，手上点着一支烟，向山坳里张望着。辣妹子跑过来问："爹，二婶要我来问一句，你打电话给领导们没？往回走了吗？"

"打了，应该动身，在回来的路上了。"

"那我回去跟二婶说一声，就说，在路上了。"

"别急，再望望。还没听到坳里有狗叫呢。"

初春的太阳可能还留念冬日里的暖床，早早地向西溜走。村子里一串串炸响的鞭炮声，似乎是在为它送行。太阳有些留念，留念人们对它的热情，用余晖点燃天边上的云朵，霞光染红了初春的远山。

刘富强从没有认真地看过霞染村的四季变幻，也从没有在这大年初二

站在山冈上认真地向远山眺望过。这一刻，他才发现，天边云朵的变化过程是这样的美丽，给人美轮美奂的感觉。夕阳西下时，天地间还是用一条红丝带连接在一起，难解难分，唇齿相依。

想到这儿，他不由得想到了何丰华，这位驻村"第一书记"，大年初二就来为自己落实年前向他反映的问题，不由得感叹道："这位驻村'第一书记'不也正如这天边的彩霞与云朵一样美丽吗？真是咱农民的贴心人。"

枫树坳里终于传来了阵阵狗的狂吠，伴着主人那带着笑意的呵斥声："别叫别叫，快回去。"

又听着似乎是在对路人说："没关系的，它不咬人。大家还是来屋里坐会儿吧，喝杯茶。"

又传来有人应的声音："不了，下次再来，下次再来。"

"哦，那一定进屋哦。"

刘富强听到这村民朴实的对话声，知道何书记他们已经离自己家没几步路了，转过这座山应该就到了。他吩咐辣妹子道："快回屋里，告诉刘二婶说村干部们就快要到了。"自己则向山路上爬了几步，他远远地看见何丰华等一行人的身影出现在晚霞中、倒映在水田里，一会儿霞光把他的身影拉长在山坡上，一会儿又把他的身影缩短在水田里，霞光披在每一个人身上，染红了衣衫，又是那么的光彩照人。

何丰华一路上都在盘算着如何安置张老汉，打通这最后五公里的连组公路。他左盘算着右思量着，这最后五公里的连组公路，如果不把张老汉的工作做好，修路这档子事就无从谈起。

突然他灵机一动，回头和跟在身后的村长和村支书商量道："我看，张老汉的房子啊是一定要拆，我想过一会儿跟刘富强打个商量，让他先在刘富强屋里住一个月，房子呢，我们一边修路一边给他盖安置房，刘富强家还空了很多房子，跟他做做工作，让张老汉在他家住些日子，一则张老汉还可以帮他看看场子，二则把公路毛坯挖出来后也要立马动工帮刘富强的猪场沼气池一起动工弄完。"

村长立马回答道："何书记，古人云：一箭双雕。看来你是读了《孙子兵法》，这一石二鸟用得如此的恰到好处。"

何丰华说："我们也别高兴太早，得刘富强肯帮我们才能落到实处。"

前面人家突然窜出两条狗，对着路人汪汪地叫，主人家跟村长打了招呼，嘴里呵斥着那狗："别叫，别叫。"

队伍里有人开玩笑道："再叫把你炖成火锅。"

村长就责怪道："大过年的，不好这么说话，狗肉上不得台面。"一行人说说笑笑，跟主人家问候着新年好。

何丰华一见刘富强，就迫不及待地拉着他的手道："等急了吧？"

刘富强笑呵呵地应道："枫树坳里都是石板山路，爬进去也挺难走的嘞，你们这么一大群人这么快就走回来了，还算快的。快进屋吧，刘二婶菜早就准备好了。"

宝庆一手攥着包烟给大家敬着，嘴里也不停地说道："领导们都走累了吧，快，屋里请，屋里请。"

大家都跟在他的身后，寒暄着走了过去，何丰华却拉着村长和支书喊着刘富强道："咱们不急，我跟你商量个事儿，还请你帮个忙才好。"

刘富强见何丰华一本正经的样子，忙说道："何书记，你有什么忙让我帮，你可别吓着我了。"

"不是开玩笑，是有忙让你帮嘞，我给你请了个喂猪的帮手，你要包吃包住，可好？"

"谁呀?还要我包吃包住?"

何丰华见他没有反对,解释道:"枫树坳里的张老汉你们都认识,年纪大了,又是一个单身老人,他家的房子也快倒了。"

"这个我知道,他都那么大岁数了,你让他到我这儿来打工?他能帮我干点什么?"

"打工是我给他找的借口,实则是让他在你这里借住个把月。枫树坳的连组公路要是动工的话,为了不毁坏那千年的石板路和老石桥,就必须把他家的房子拆迁才进的了坳。村里边儿想着,他是建档立卡户,又是重点的扶贫帮困户,想着跟上级政策对接做异地拆迁安置,但是他没有地方去周转居住。刚才在路上,我跟村支书、村长商量着想请你帮这个忙,让他来你这里借住一个月左右,就在山坳边上老茶园的村上的共有地上给他建安置房,村上一边修路,一边建房,跟你做个邻居。你看如何?这期间,他也力所能及地帮你看看场子,打打招呼,吃饭的问题如果你不介意的话就搭个伙,让他交点儿伙食费,或者他自己煮着吃也行。"

"哦,这样啊,我怕是个什么事儿呢,做得到,做得到。我家房子旧了点,遮风挡雨住人没问题,他什么时候搬来,我就给他腾一间房就是。至于干活嘛,他能干就干点儿能干的,不能干我也不做指望,陪我聊个天做个伴儿也是个好事儿。"

"那咱们就这样说下了,等村委会开了会,把异地安置报告递上去,上级一批,就让他搬过来跟你住。"

"那我那个沼气池是不是也一块儿报上去啊?你们看,不要别人说,这环境污染的,空气里都变臭了,再不治理猪屎粪,我这猪怕也是养不成了。"

"我刚才不是说了么,村里边儿开完会就打立项报告,跟有关部门对接,争取过了十五就动工。"

"那咱们就说下了。"

辣妹子隔着门就喊："爹，二婶请两位领导过去吃晚饭了，大家都等着呢，一会儿菜就凉了。"

二十六

何丰华从枫树坳回到村委会已是八点多钟了，刚走到大门口，就见李永新领着几个老伙计在那里站着闲聊，一见何丰华立马拱手打了招呼，"何书记，你可回来了。我们在这里守着你呢。"

"那快屋里坐。"何丰华打开门把他们让到屋里，拿出从家里带来的瓜子花生糖摆在桌上，"大家吃点，这是我从家里带来的。"又提起水壶道："你们先坐会儿，我去烧壶茶。"

李永新立马道："不用客气，我是来向您汇报村晚的事儿。"

何丰华道："不急，我烧壶水，要不了一会儿。"他麻利地打了一壶水烧上，问道："大家这年过得都好吧？"

李永新笑道："我们这年过得倒是好哦，就是你，这大年初二就回村上和大家一起过年了，怕家里人有意见吧。"

"没有，村上的人也是我的家里人，跟大家一起过年，快活。"

"唉，咱霞染村有你来驻村扶贫，真是咱霞染村人的福气。"

一帮人都附和着：

"那是，那是。"

"你看，何书记来的这两年，咱霞染村发生了多大的变化呀。"

"你看,别的不说,家家户户通了水泥路,人畜饮水问题得到了解决,吃上了自来水。小学校里翻修了房子,更换了桌椅,他还发动城里的爱心人士捐赠了教学设备,孩子们还能跟城里的孩子一样接受现代化教学手段,与名校联网,实现了名师远程指导教学、观摩教学。"

何丰华听他们这么说,打断道:"这是党的政策好,我只是遵照上级指示落实党的方针政策,也是咱们村支两委努力工作的结果。只要上级党组织满意、只要村民们满意,我就满意啦。"

李永新连口称赞道:"满意,满意。"

"李老师,村晚准备得怎么样了?舞台、场地、音响设备都联系好了吗?"

"这不,我听说你回来了,就和几个老伙计跑过来和你商量,汇报村晚的进展情况,节目单年前已经定下了,也报告给你了。何书记,今天上午,大家都提出要选两个致富带头人,在村晚上出节目,你看,选哪些人好?"

何丰华沉思了片刻:"这个,要请村支书和村长一起来商定才好。村上情况他们比我了解得更多更详细,看哪些人更具有代表性。定了以后,你再把舞板凳龙和他们一起加到节目单上去。"

说着,他掏出了手机,拨通了村支书的电话:"喂,刚到家吧,真不好意思,李老师他们来村委会商量村晚的事儿,我请您和村长一起过来一下,咱们共同商量商量。"

"好。我喊村长,立马就来。"

"何书记,你今天真不打算回城里去啦?"村支书一边往屋里走嘴里不停地问着,"开始不是说好了么?从坳里回来你就回去,村里有什么事情我来处理就是。"

"没关系的,本来也没打算回去。来,快进屋。李老师他们来商量村晚的事儿，他们的想法很好，安排两个脱贫致富的带头人，在村晚上表演节目，我想着，村里的情况你们两位更清楚，所以把你们请过来定一下这个事。"

"这个就有难度了，表演节目要不就会唱要不就会跳，要不就懂点乐器。有机蔬菜种植户王老六他不行，平时没见他唱过歌；稻花鱼合作社都是一些老人，也难出个节目；苗木培育基地于老板那里看怎么样，也要跟他电话落实一下看。"

何丰华放下手里的杯子插话道："我看，咱们这样做，既宣传了精准扶贫，又宣传了党的政策——晚会上咱们举办一个表彰颁奖仪式，对王老六、于老板、'懒汉'刘富强大张旗鼓地予以表彰，上一次我听刘富强哼过曲子，声音还蛮好，他当过兵，唱歌应该没问题。杨梨花作为我们精准扶贫刚树起来的带头人，让她也出个节目，这个女人泼辣活泼，出个节目应该没问题。"

李老师一听何书记的话，立马拍手赞许道："这个主意好，既是我们霞染村的村晚，又是我们精准扶贫的表彰会，更是精准扶贫决战脱贫攻坚的誓师会。"

村支书听完李老师的话，称赞道："文化人就是不一样，问题想得周到。这样一来，我们霞染村的村晚真可谓主题鲜明，内容丰富，又充分地体现了社会主义价值观'一个国家的强盛，离不开精神的支撑；一个民族的进步，有赖于文明的增长'。好，就按何丰华书记说的办。"

村长立马吩咐道："两位书记都拍了板了，李老师，就麻烦您老分别去联系刘富强、杨梨花准备村晚节目，明确一点儿，就是一首歌，内容歌颂党、歌颂人民、歌颂党的富民政策。我明天就叫文书去写奖状。"

"哦，支书，奖金怎么办？"

"这个啊,精神鼓励为主,每人奖个千把块钱。丰华书记,你看呢?"

"这个,村里面定。在我看来,一张奖状就是一份荣耀,比金钱更重要。"

"好,那就这么定了。"

何书记似乎又想起了什么,问李老师:

"今天曾会长怎么没和你一起来?我有个事儿想跟他商量,今年这个板凳龙啊,要把龙头东头先请到枫树坳去点睛,再到村里边儿西头河子坳点睛,每家每户尽可能地都参与接龙,要把咱霞染村舞出喜庆来,也要把咱霞染村的精气神儿舞出来,舞出祥和、舞出和谐,我今天上午跟枫树坳的龙头大爷吴老汉提到过这事儿,你也跟曾会长商量商量。"

李老师一听,大声地说道:"这有什么好商量的。丰华书记考虑得这么周全,东方日出西方雨,这就是咱中华民族炎黄子孙,龙的精神信仰,龙是我们中华民族的图腾。"

何丰华用商量的口气说道:"李老师,今年的村晚啊,就看你的了。这两天你还得招呼所有的参与节目的村民们一个一个地落实一下,看道具准备得怎么样,演员走亲访友的都回来了没有,这还有两天,少什么让他们赶快置办齐,把主持人的主持词拿来让我过下目,主持内容必须是宣传党的路线方针政策,节目内容必须是歌颂党、歌颂党的富民政策、歌颂改革开放四十年我们党所取得的辉煌的成就。"

二十七

两条巨龙带着万家灯火翻腾着,携着全村老少汹涌地汇集到村小的操场上,人们舞动着,随着龙头,一会儿舞出一个盘龙戏水,一会儿又舞出

二龙戏珠，随着一声声怒吼，把这板凳龙舞入高潮，龙头对着舞台，喷出一团烈火，舞台的灯光骤明，背景布上"奋进、团结、凝聚、共建秀美霞染"那明晃晃地大字醒目又散发着光芒，霞染村村晚的大幕在这一刻徐徐升起。四位主持人用他们甜美、厚重、动人的声音异口同声地喊出："霞染村村晚暨精准扶贫脱贫攻坚致富带头人表彰大会，现在开始！"

一群广场舞大妈拥上舞台，跳起了欢快的广场舞——《过年了》，随着这曼妙的舞姿、欢快的音乐，村支书大步流星地走上台来，在舞者们的簇拥下、手持麦克风说道："霞染村的父老乡亲们，我在这里代表村支两委给大家拜年了！祝大家新年快乐，万事如意，阖家幸福，事事顺利！

过去的一年里，村支两委紧紧围绕着以习近平总书记为核心的党中央周围、鼓足干劲、振奋精神、奋发拼搏、更加有力有为地狠抓工作的落实，努力开创新发展新局面。

我们在镇党委的正确领导下，认真贯彻落实十八大三中全会、四中全会精神和践行习总书记重要思想，坚持社会主义核心价值观，全面建成小康社会，建设新农村的目标，团结带领全村群众克难奋进、开拓创新、经济社会各项事业取得了长足的进步，村民生活水平有较大的提升，村集体经济有一定的发展，过去的一年里，完成了以下工作：

围绕任务，抓落实。过去一年，是不平凡的一年．我们在重压之下，村支两委团结一心，在驻村'第一书记'的帮扶下，狠抓党的基层组织建设和精神文明建设，建章建制、立规矩、讲党性、攻坚克难，收到了行之有效的发展成效。

在这里，我们总结过去的成绩，面对新的挑战，树立信心，在精准扶贫攻坚战中，我们必须坚定信心、勇于创新、敢于开拓、敢拼敢干、认真落实上级指示精神、奋发有为。认真落实春节前镇党委，以及精准扶贫工

作领导小组系列工作会议精神。这些会议所传达的政策，对于做好新一年精准扶贫工作具有很大的指导性和针对性。结合我村的实际，我们要紧紧围绕十八大精神、社会主义核心价值观，带领霞染村广大党员、村民群众转变提升和谐进步的工作思路，围绕霞染村基础建设、硬件设施提升，狠抓霞染村项目与国家扶贫政策对接，狠抓生态环保、促开放、兴文化、保青山绿水，提升人民群众幸福指数、惠民生、提升广大村民群众的幸福感和获得感。

霞染村要借梯登高、借力成势、借智成谋，要利用精准扶贫的政策优势，要着力落实习总书记对农村工作的重要讲话精神，确定产业调优，企业提质，拓展土地流转、布局优化、惠农强基、民生建设，要保增长，保稳定。

与此同时，我们要注重加强基础设施建设，注重传统产业优化和新兴产业培育、壮大，注重建设农业产业发展，培养树立企业加农户的典型，打造龙头合作社，吹起一张皮，让贫困户依附产业的集约发展、脱贫致富，鼓励贫困户、建档立卡户在农村产业合作社入股、经营、创收、发展。推动霞染村农业经济上规模、农产品产出上档次、上质量、上效益，为今后的可持续发展创品牌、创原产地，打好基础。

村支部要带领广大党员加强学习，贯彻党的路线方针政策。全村广大党员必须以良好的精神状态，率领广大村民增强凝聚力，要有一种比较好的促发展、求跨越的超前意识和态势，特别是通过学习深入，开展社会主义核心价值观活动。使我村党员干部的思想观念进一步转变，发展意识进一步提高，推动经济发展进一步创新，我们做好今年工作、增强底气、增添了信心。我们一定要加倍珍惜来之不易的成绩，加倍珍惜良好的发展局面，才不辜负霞染村父老乡亲寄予的厚望。在此，我祝霞染村村晚圆满成功！"

村支书在热烈的掌声中走下台来，一曲《火红的时代火红的歌》在会场上空回荡：

火红的锣鼓我们敲起来
火红的小曲我们拉起来
火红的心儿我们聚起来哟
火红的手儿我们挽起来
火红的彩绸我们扎起来
火红的音乐我们放起来
火红的歌儿我们唱起来
火红的舞蹈我们跳起来
火红的锣鼓我们敲起来
火红的小曲我们拉起来
火红的心儿我们聚起来哟

这歌声唱出了霞染村人的心声，"火红的手儿牵起来，火红的心儿我们聚起来"，村民们舞动着手上的荧光棒，在台上看，板凳龙围在会场四周，那火红的余火把整个会场渲染得火红火红。

踏着这歌声，何丰华走上舞台，音乐渐渐的舒缓，他亮开喉咙，大声地说道：

"父老乡亲们，我代表驻霞染村精准扶贫工作队给大家拜年啦！在这里，我要向全村父老乡亲们报告一个好消息，咱霞染村在村支两委与扶贫工作队的共同努力下，精准扶贫工作创下了丰硕的业绩。去年的6月16日精准扶贫工作，霞染村以'零问题'通过国家第三方评估验收，

一百四十八户贫困人口除九户预脱贫户需要异地安置外，都已摘掉了贫困帽儿，正在向小康路上奋进。同志们，成绩的取得是村支部、村委会以及广大干部群众共同努力拼搏的结果，是全村广大党员群众认真学习落实习总书记社会主义核心价值观的具体体现。

回顾我们精准扶贫工作队两年来的工作，在这里给大家做一个汇报：

我们在走访贫困群众时学到了很多东西。我自八月份受上级委派来到咱们霞染村做扶贫驻村'第一书记'，说心里话，以前没做过扶贫，一开始来的时候确实有点不适应。我坦言刚开始我认为就是走走过场，后来我去了又去、问了又问，大家可能也是感受到了我们的真心，贫困群众把我们当成了贴心人，也就愿意敞开心扉和我们交朋友、结对子。从此后，在霞染村各个角落、田间地头都能看见我们驻村工作队的身影。与贫困群众、村干部、老党员、经济能人交谈多了之后，我们确实学到了很多东西。

过去的一年有收获，也有不足。我深知作为扶贫驻村'第一书记'，来村里时间不算长，基层工作经验不足，工作主要按上级安排进行，缺乏主观能动性。产业发展难以形成规模化，主要还是散养户较多，没有把党的扶贫政策吃深、吃透、吃准，合理化利用政策，后来我们实施了商家加农户、企业加农户，成立了合作社机制，打造了一户一品牌的规模化致富模式。

驻村帮扶责任人结对帮扶形式多样化，因户制宜、因人而异、分类指导，加大宣传力度、加大党的扶贫方针政策的宣传力度。在这里，在今天的村晚上，我把今年的脱贫攻坚战中，驻村工作队将帮助贫困户继续实现农业增产，合作社将提供更多的就业机会，使贫困户增收，达到脱贫的目标。

对霞染村累计已脱贫的 139 户贫困户，按照脱贫不脱帮扶、不脱政策的要求，高标准完成任务。对枫树坳五公里连组公路进行政策对接、年后开工,对杨梨花有机蔬菜大棚的建设进行技术对接、市场扶植,加强霞染村环境治理,对刘富强养猪基地进行猪粪便环境治理、建造沼气池,打造清洁能源,扫除环境污染源,与上级部门进行技术对接和政策性扶持,对霞染村预脱贫的9户建档立卡户进行产业、劳务、技术支持。

计划对枫树坳沿溪水田进行商业化土地流转,扩大霞染村稻花鱼养殖面积,促进增产增收。全村的父老乡亲们,今年,是精准扶贫脱贫攻坚年,我相信,在村支两委和广大党员群众的共同努力下,我们一定能打赢这场脱贫攻坚战!在这里,我祝愿我们霞染村的人民,日子越过越红火!下面,我请村长宣布霞染村脱贫致富带头人表彰名单。"

村长走上台来,"乡亲们,我给大家拜年了!下面,我宣布霞染村脱贫致富带头人表彰名单:

养猪专业户刘富强

有机大棚蔬菜种植大户王卫平

苗木培育基地于子兴

脱贫致富能手杨梨花……

下面让我们以热烈的掌声欢迎他们走上台来。"

掌声在霞染村上空久久回荡。获奖者踏着《欢迎进行曲》的节奏兴高采烈地走上台来,接过奖状,与颁奖者合影留念记录下这光荣的时刻。

颁奖完毕,刘富强刚想往下走,被主持人一把拉住,诙谐地打趣道:"领了奖就想走哇?那可不行,今天是大年初七,你得给大家留下点什么才行。"

刘富强也笑道:"就奖了这么点钱,发给大家一人一分都少了。"

"钱我们不要。"

"那要啥?奖状我不给,这是我的荣耀,也是我脱贫致富的纪念。"他挠了挠头,"我给大家卖个破锣嗓子吧,唱首《党啊亲爱的妈妈》。"

主持人一听，笑道："那太好了，大家鼓掌欢迎。"刘富强把奖状卷成一个筒，接过麦克风，随着音乐，一串音符从他口中飞出：

妈妈哟妈妈亲爱的妈妈
你用那甘甜的乳汁把我喂养大
扶我学走路，教我学说话
唱着夜曲伴我入眠
心中时常把我牵挂
……"

他那浑厚的嗓音，发自内心的独白深深地打动了在场的所有的农民兄弟，"党啊亲爱的妈妈，你用那甘甜的乳汁把我喂养大……心中时常把我牵挂……"全场响起雷鸣般的掌声。

会计陈老四对着周围的人笑道："呵，真想不到，懒汉还会唱歌？还唱得那么好，我倒还是第一次听到嘞。"

有人立马回道："人不可貌相，海水不可斗量。过去是穷，有歌只能心里唱，现在富裕了的人们有歌是放开喉咙唱。你没看见啊？村里的大妈大婶再也不围着锅台转了，一有空，你没见咱霞染村到处都有音乐声，你没见大妈大婶们的舞步轻润，笑声爽朗。陈老四，你老婆不是也在跳广场舞吗？"陈老四被众人挤兑得再也没话说了。

舞台上又传来了杨梨花的歌声《天边》：

天边有一对双星
那是我梦中的眼睛

心中有一片晨雾

那是你昨夜的柔情

我要登上

登上山顶

去寻觅雾中的身影。

　　从她那歌声里，让人们感觉到她对幸福生活的向往。杨梨花唱得舒缓唯美，她用深情表达了内心的渴望，她用深情抒发着对爱的追求。台下的人随着韵律拍着巴掌给她打节奏，坐在台前的人发现，杨梨花的眼中饱含着泪水，平日里在乡亲们眼中这个泼辣的农家女子是那么的玩世不恭，然而在今天的舞台上，她仿佛返璞归真了，回到了少女时代，回到了青春年华，回到了那天真烂漫的花季。

　　李老师拿着几套合唱队的行头，弯着腰小跑着步子来到何丰华身边，对着坐在那里的一排人认真地说道："领导们，快到后台换衣服，下一个节目就是我们老年合唱队的压轴戏了。"

　　村长看了一眼何丰华，从李老师手上接过衣服，笑着说了一句："裤子就算了吧，我们换件上衣就好了。"

　　李老师只是笑而不答，何丰华却笑道："诶，演戏就要入乡随俗，该扮上就得扮上，上台还要讲究个舞台艺术呢。"

　　主持人在台上报道："下一个精彩的节目是我们霞染村老年合唱队的大合唱——《我和我的祖国》，领唱是我们霞染村的驻村'第一书记'何丰华何书记，指挥李永新老师。"

　　何丰华一听，立马拉着李老师的手问道："李老师，我练都没练一天，能领唱吗？"

"那天在村委会我听了你的歌声才这么贸然定下来的,你能行,一定能行的。"

舞台的灯光亮了,当前奏音乐响起时,何丰华那带有磁性的男中音便唱响舞台:

我和我的祖国 一刻也不能分割
无论我走到哪里 都流出一首赞歌
我歌唱每一座高山 我歌唱每一条河
袅袅炊烟 小小村落 路上一道辙
我最亲爱的祖国,我永远紧贴着你的心窝

这发自内心的歌声激起全场雷鸣般的掌声。

李老师一个漂亮的转身对着台下挥舞着那有力的双手,台上台下顿时发出同一个声音:

我和我的祖国 一刻也不能分割
无论我走到哪里 都流出一首赞歌
我歌唱每一座高山 我歌唱每一条河

台上台下顷刻间汇成了歌的海洋,舞板凳龙的村民们也随着龙头的摆动,舞出了波浪起伏的图形,似波涛汹涌,掀起滔天巨浪,把整个霞染村的村晚在这《我和我的祖国》的歌声中推向高潮,又在这霞染村一个一个感人的故事中,在一串串美妙的音符里,在那一首首并不专业的歌者的演唱中,舞者的韵律中推向高潮。

最后，在那首《难忘今宵》中板凳龙再一次翻腾，使这算不上规范的村晚在人们的欢呼笑语中落下了帷幕。

二十八

初八，驻村工作队的人们都先后赶来开这新年里的第一次村支两委联席会议，村支书早早就在大门口等候着大家的到来，每见到一个都热情地上前握手致意，寒暄着，新年好的问候声络绎不绝。九点四十八分，村支两委联席会议准时召开。会议的两个议题：

1. 精准扶贫工作

枫树坳连组五公里公路的修建与政策对接的报告落实；

杨梨花贫困户有机蔬菜种植扶持项目与政策对接；

刘富强养猪基地猪粪便无害化处理，沼气池建设政策对接。

2. 环境卫生工作垃圾处理中心地点选址

村长首先对去年年底以来的工作任务落实情况做总结性发言，他说道：

"从你们各村干部反馈的情况来看，做得也比较到位，但是在自己所主管的岗位上工作，一是要主动作为，大胆作为，不要让村领导带头行动，要主动，要有自己的思路和主见。"

村支书补充道：

"今天是我们合村以来第一次开这么大的例会，我们今天的例会不要拘于形式、太过严肃，自由发挥、讨论，总结工作、布置任务。我们开例会的具体目的，还是解决问题。镇里面也分派了驻村挂职工作队与精准扶贫工作队一道对村里的工作进行规划、指导，我们也要尊重工作队指导意

见、具体工作。我们通过各组组长口头汇报、了解情况以后我们还是要系统地进行规划。

合村以来，工作要以意识形态工作为主、以创建为抓手。意识形态工作我们还是在全县通过验收，县级人民示范村成功创建。建村开始我们做的是表面工作，经过一两年来的工作之后，取得了一定的成就，意识形态工作非常重要。

改革开放四十年来，我们可以说复式、富力建设工作。我们现在开始正式起来了。我们从干部到老百姓这个关键思想如果不统一、不提高认知度，我们的工作就难以展开。

再一个，我心有体会的就是，老百姓的工作也不好开展这是我们创建以来的一种精神约束。我们在2017年开展乡村文化艺术节霞染村农民村晚，第一个目的就是凝聚人心，老百姓搞点文艺活动获得一定的愉悦感和活跃感、幸福感，自然就对村里面的工作支持。有一些平常交流比较少的，你去做他的工作，本来是好工作，他也难以接受和领会。所以，这些文娱性的活动只有把关系搞融洽了，沟通也方便、容易。

所以说，我们今天的工作之所以能有今天的成果，得益于党建与精神文明建设这个抓手，这是我们的一个最大的成就。

如今老百姓搞产业发展、土地流转以及一些其他相关工作的布置，村民非常配合，这和我们霞染村文明创建队是分不开的。这是目前来说我最大的感受。

在合村以后，我们村干部的凝聚力，战斗力不用说，我们凝聚力、团结在我们全镇乃至全县对我们都是非常认可的。一根筷子容易折断，十根筷子折不断，这个我们也是深有体会，也是晓得的。我们的工作一条心发扬民主，博取正义，我们都要紧紧地围绕在以习近平为首的党中央周围，充分地不折不扣地坚持核心意识，树立核心意识，在村党支部的正确引领下，这也是我们工作好开展的一个重要原因。

我们从并村到现在，从党建创建入手，我们把所有党员的思想都统一在一个点，就是用社会主义核心价值观引领我们的工作，用科学发展观武装我们的思想，这是我们如今能够取得成绩的保障。

我们自合村以后，新选出的村支两委班子为民着想，让老百姓提高满意度，从根本上改变我们的思想观念。

在基本设施建设方面、交通生产方面，我们通过对接政策、自力更生、千方百计，把基础设施建设、硬件设施建设提升了一个档次，村容村貌改观了很多，增强了村民的文明意识，树立了霞染村的新风尚。由于历史欠账太多，有待改变的基础设施需要大量的投入。村支两委必须级级对接相关政策，逐一进行解决。

过去的一年里，虽然说改变的步子慢了一些，但是还是取得了一些改变，在群众老百姓眼里，他们是看得到、摸得着的，也就是他们从内心里认可这个班子、认可村支两委。讲政治、办实事，所取得的民心所向、民心所望。

我们村所发生的变化，从这一点就不难看出，以前孩子上学过学校门前那条小溪，都需要爷爷、奶奶或爸爸、妈妈背着过路、过溪。溪边到处垮塌，去年，我们把这条路拓宽之后，通行就有了很大的改观。

所以说，这个举措既方便了学生出入，也方便了农业生产。孩子们不用送也可以去读书了，所以老百姓对我们的具体工作，满意度非常高。

村组与村组，三个自然村之间的公路连接，在原来的羊肠小道上、在不毁坏古石板路的原则上，我们仅用了14个月的时间，就在一片荒凉的山野里修筑完成，除枫树坳5公里连组公路外，达到了组组通公路、入户

硬化的标准。

以前,稻田抛荒,山土荒芜,路也没有路的霞染村,而今,经过大家的多方努力,实现了出户行走脚不沾泥,改变了村容村貌。特别是一些长期在外务工的人回来以后,感觉到了村里实实在在的变化,对村支两委的工作还是非常认可的。

虽然说,他们对我们的要求、标准不高,但是也基本能够满足一些成功人士回乡、省亲的一些基本需求,车能开到家门口、吃能有个小饭店。我们正在规划一个能开设60张床的农家客栈。

玩,村子里有了游泳池,城里的孩子们暑假回来可以尽情地游泳、玩耍。这些,过去是只有城里孩子才能享受到的优越生活条件。现在,我们霞染村都已经基本具备了。

唱歌的我们也有了,原先我们农村,条件好的过个生日要唱歌,就到城里或镇上去,请草台班子。现在我们过生日可以摆两桌、唱个歌,给村民们提供一切方便。

不管获得的效益怎么样,我还是有一种获得感,感觉到了我们霞染村村支两委的凝聚力,更深刻地领悟到习主席不忘初心、方得始终的内涵。

在产业发展上,第一,乡村建设方面我们才刚开始。我们要借这个精准扶贫攻坚的契机,与精准扶贫工作队密切配合。村党支部在驻村'第一书记'的引领下,以党建为抓手,结合霞染村的自然、人文的有利条件,对接党的精准扶贫政策,拓宽思路谋发展。我们这三个自然村在2017年省里组织的第三方验收都摘去了贫困村的帽子。

所以说,我们在扶贫攻坚战役中,只剩下9户建档立卡预脱贫户。为了防止反弹,杜绝贫困人口发生率增高,我们一定要坚决贯彻脱贫不脱政策,对已脱贫的建档立卡户,要让他们在致富路上扶上马、送一程。

年后，村支两委所有的支部委员都要与扶贫工作队一起，在何丰华书记的统一部署下，对148户建档立卡人员进行一次摸底式的大走访、大排查。如发现新的因灾、因病、因家庭特殊变故而滋生的新的贫困人口，要及时摸上来、报上去。

产业发展，我们从2017年镇里面规划，2018年成为我们霞染村的主导脱贫工作基础产业——中秋酥脆枣，经过一年多的培育扶植，脆枣基地果树长势良好。

土地流转，村里牵头，贫困户入股的这条路子，按照习主席的十八洞村模式，得到了充分的证实。从实践中，大家都能看得到这条路子可复制、可推广、变化大。

荒地的开发、山地的利用。因此，镇里面组织我们霞染村的干部们去外地考察调研，经专家化验证实，酥脆枣营养价值高、市场前景好。酥脆枣我们已经正式种植了两万一千多株，再加上镇里面的预算投入，酥脆枣组织基地已投入一百多万。

另外我们霞染村还有两个特色产业，专业化利用本地自然条件，进行乡村振兴，开展乡村旅游，发挥我们的自然优势，我们以稻花鱼产业养殖，作为我们乡村旅游产业的抓手，成立了三个农村种养殖合作社，从2017年形成规模化产业，我们的稻田养鱼全名叫作霞染村稻田养鱼农村合作社。

这是我们在土地流转过程中，村民全方位参与，村干部集体投资，吸纳一些社会资本入股经营，吹起了一张脱贫致富的皮。稻花鱼养殖合作社规模现已投入两百四十多万元。我们的投入是实打实的投入，并且我们这个两百四十多万，我们用最少的钱打造了带领贫困户脱贫致富的龙头产业。

按照市场评估价来说，霞染村稻花鱼养殖合作社包括规模产业五百多万左右还是绰绰有余。对合作社的评估我也初步了解过，根据我们现有的

设施建设规模,自然资源评估值,我讨教过农牧水产局的专家们,他们给出的初步评估价,合作社投入到现在价值升值应该是翻倍的。

从另一方面说,他们所带来的社会效益是无法评估的。

第一个就是改变我们霞染村当地的社会面貌,满足了我们其他方面的需求。所以我肯定地说,它给我们这个带来的社会效益是我们无法去估量的。

我们霞染村现在的影响力,知名度价值我就不去评估不去计算。我们现在基础设施的固定投入,我初步估算了一下,所产生的经济效益、社会效益应该是我们改革开放40年前人们所想都不能想的天文数字。

总结过去,我们走过来的路,所历经的艰辛,在今天我们取得的成绩面前,我们应该是感到欣慰的。创业初期,人们看不到希望,包括那些贫困户的股东们,以及部分村民,他们看不到前景,看不到一些实质性的东西,一度失去了信心。因为村民他们注重的是实实在在的装进袋子里的钱。不是直接装入袋子里的,他们就不会认可、注重那个潜在的经济效益。他们还没有养成"放长线钓大鱼"的习惯,更不会有"站在高处谋发展"的心态。

霞染村在创业过程中,隐形效益的产生是被社会高度认可的,产生的社会广告效益是不可估量的。

所以说,眼下我们没有创造出理想的现金效益,这个我们每位同志心里都要有个数。比如说,中秋酥脆枣基地目前投入大,但是,它是一个'前人栽树,后人乘凉'的买卖。有如十月怀胎,将来产出的一定是一个拉动全村发展的,集产、运、销乡村旅游的支柱性产业链。

至于我们开发打造乡村旅游产业这一块,我们一定要在保护环境的前提下,挖掘地域文化、传承民俗文化,利用良好的地域文化资源,深度挖掘老祖宗留下来的资源性文化项目、打造地域文化品牌。对已失传的进行深度整理挖掘、发扬光大。打造成具有我们霞染村地域文化特色的文化品牌,使之广泛的传播、推广。

所以说,我们老祖宗留下来的一些东西,是一个非常宝贵的遗产。下一步,我们要打组合拳,一手抓支柱产业建设、一手抓文化乡村旅游产业建设,并且着手把这个产业做大做强。

今年,我们就要制定出详尽的实施方案,着手承建擂茶基地。擂茶产业是在我们这流传千年的、家喻户晓的待客小吃。我们要抢注商标,理由很简单,老辈人说,在咱霞染村旧社会,妈妈没奶水,孩子们都是用擂茶喂大的。以此可以考证出,我们这里就是擂茶的原产地。它也将成为我们乡村旅游的一大特色。

以乡村旅游产业为支撑,对传统文化的整理,准备从这些方面入手,把这个乡村旅游做大做强。

现在城市里人民群众生活水平提高了,乡村旅游、乡村娱乐这一块儿,特别是我们村里没有任何一个地方的污染,这是一个纯天然的自然条件,山也好,水也好都可以说是一个原生态的处女地。我们也可以很骄傲地说,这是一块宝地,我这不是自我安慰。

在国际上一些拥有原始生态的国家,都在开展原始生态环境体验游,不需带任何生产工具、食品、生活用品等。在我们这里也是一个体验,所以说我们霞染村的自然条件与一些国外的生态旅游景点有着惊人的相似之处。

虽然说,暂时我们部分人还很贫穷。短时间内,咱霞染村这些自然资源可能在近段时期还不是很值钱。常言道,"30年河东,30年河西",我们一定能打造出让游客们流连忘返的自然、生态旅游园区。到那时,城里面那些人工景色、人文景观都会被我们远远地抛在后面。接下来,就是我们这儿了。"

村长的这样一席话，激起了全场热烈的掌声，他又诙谐地说道："同志们，你们别不信，我这不是自我安慰！只要我们每一位共产党员不忘初心、牢记使命、心里装着广大人民群众，我们这美好的蓝图就一定能够实现。我们现在走的，是前人没有走过的路。

自从盘古开天地，三皇五帝到如今，世界上又有哪朝哪代的君王，心系贫苦百姓？历朝历代，都是'朱门酒肉臭，路有冻死骨'。唯有以习总书记为核心的中国共产党人，提出精准扶贫这一富民强国战略。

在座的各位作为共产党员的一分子，就应当更有信心，勇于担当。把我们霞染村摘掉贫困帽、建设成一个乐园、一个世外桃源。

我们树立信心，我们霞染村的自然资源，是很有优势的，这一点大家都是有目共睹的。

我记得咱农村，10年、20年前，都还羡慕城里的大鱼大肉，认为那就是咱们所追求的高质量的生活标准。现在，城里人又反哺追求咱们乡村的五谷杂粮，这就是他们追求的生活质量。这个生活观念的改变，就给我们霞染村带来了脱贫致富的契机，所以说我们也不是没有希望的。

脱贫不一定是要在我们霞染村开一个大厂子，不一定要产生多大的经济效益，这种做法我是不认可的。我认为，从一定程度上能够改善我们霞染村一些贫困区域的生存条件、生活条件、保持平衡的自然生态，这是我们的出发点。

但是，至于开不开厂子这个观点，我们要统一思想。不一定要像城市里那样，大张旗鼓地搞污染工业，牺牲环境创效益这是错误的。我们一定要杜绝现代工业的影响，保持以前传统的味道，我们要把握我们原来的自然元素，这是我们今天要做的。

今年的工作，我们要把握初衷，补上基础设施建设亏欠的部分。比如，枫树坳最后五公里连组公路建设；比如，刘富强养猪基地，猪粪便污染环境的治理，要打造龙头企业，比如，杨梨花贫困户连组有机蔬菜大棚建设扶助项目，要扶植他们去赚城里人的钱，这是一个必然趋势。

我们要打造出这样一个园区，租给旅游者一亩三分地，我们给他建两间房在里面，要他们自己种点蔬菜，这就是当下富裕了的人们所追求的高质量的田园生活。先富起来的城里人向往的就是这种生活方式——田园生活。

所以说，我们要告诉来我们这里的城里人，你们现在很幸福了，住在我们霞染村这个幸福窝里面，因为你在城里待久了，来到我们霞染村以后，你的心情都会不一样、你的呼吸感受也会不一样、你吃的东西也不一样。

如何鼓动城里一些有消费能力的人，到我们霞染村感受生活，用他们的高消费体验我们这低标准生活，这是我们下一步的想法，我们要以这个为目标。

我说的这些，就是在去年的基础上和今年的开局工作，胡乱地做个罗列，和大家通个气，做个粗略的汇报。因为是随便谈，可能有遗漏、可能有重叠、可能有不入耳的地方，请大家做个补充。下面请精准扶贫专干对脱贫攻坚发表意见。"

二十九

王雅芝，一个三十多岁的女人，留着一头披肩的长发，柳叶眉，柳叶眉下一双杏核似的眼睛，高高的鼻梁镶嵌在瓜子脸上。也许是过年的原因，

穿着一件桃红色的羽绒服，一块长长的围巾搭在脖子上，彰显着几分女性特有的干练。她清了清嗓子，饶有介事地咳嗽了一声，诙谐道："过年好菜吃多了，补得我都咳嗽了。

扶贫工作这一块，资料文档的东西，已经一而再再而三地核实修改好了。我们霞染村也经过了两三年的脱贫攻坚，今年就是决胜之年，我们霞染村在6月30日就要脱贫，只剩下几个月的时间了。誓师大会在县里已经开过了，待到6月30号，一些基础设施、文明建设项目都必须收尾完成。

6月30号是一个节点，9月30号要进入精准扶贫攻坚战的全面验收阶段。但是在这个脱贫阶段中，我们资料要在完善的前提下，实事求是反映出我们霞染村的实际情况。要拿出行之有效的，对预脱贫困户的脱贫实施方案，不能千篇一律。

村里预脱贫的9户贫困户的基本情况掌握后，把指导脱贫的具体措施，因人而异、落实到户到人。这些家庭有多少成员？整个人口多少、劳动力多少、技术人口多少？对这个家庭制定出一个具体的帮扶措施，由村党支部成员挂帅落实到人，对家庭成员进行具体分工，对家庭产业制定创收方案，并且签订奖惩措施，落实到位，促使他们达到实质性的脱贫。我们不能搞数字性脱贫，今年是最后攻坚之年，要把握好契机，对接好项目，借扶贫攻坚的东风，抢抓机遇。在验收时要达到国家的标准，提高群众的满意度、满意度人数。

我们霞染村的民风还是很淳朴的，刁钻的农户还是很少的。所以实打实地对他们进行帮扶，一定会配合支持我们的工作的。

只要我们工作做得扎实，实实在在落到了实处，不管是巡查组来也好，还是考察验收组来也罢，我们要实事求是地如实汇报工作。不弄虚、不作假，我们霞染村的精准扶贫工作是经得起验收、经得起考验的。

数字脱贫，哄贫困户说好话，那只能是一时的障眼法。只有他们在真正意义上地、实打实地脱了贫、致了富，我们只要把工作组带到他们中间去，贫困户自然会拥护党的政策，从心底里提高满意度。

今年，根据我们的规划，具体基础设施建设，根据上面的政策。我们一定要落实。

建议也不要把战线拉得太长，说我们的脱贫攻坚战收复不到位。要在村支两委的规划范围内，把刚刚支书提到的那几个重大项目，尽可能地在9月份落实、完工、收尾。

霞染村在搞新型产业引进方面，是在党建的脱贫攻坚范围内，短期难以实现。所以，建议在确定脱贫攻坚产业方面，以现有的规模为主，尽可能地把它完善好，把资金落实到位。这样做有利于乡村振兴产业的可持续性发展，以上是我的建议性意见。"

三十

村长接着她的话，说道："我从七个方面来总结我们取得的小小成绩。

一个方面是班子建设。在这个方面，我们都是深有感触的。我们三个村合并在一起，到后面的无缝对接，拧成一股绳，一起战斗。这些都离不开上级党委的正确引导。他们有干劲，我们也有动力，我们紧紧团结在一起。

在基础设施这一块，在狠抓党建的前提下，谋发展。在这一进程中，我们要克服很多难以想象的困难，底子薄、基础设施建设压力大、离城镇远，尽管我们山清水秀，很多优秀的自然生态资源虽然开发前景广阔，但是，资金匮乏，这是我们霞染村老百姓最艰难的时候。也存在一些实质性的问

题，比如说，产业合作社这一块。

村里六个合作社，稻花鱼养殖合作社，还有我们引进的形式园林等。虽然粗具规模，却面临着早期培育阶段的只投入不产出。特别是，园林苗木培育基地，资金缺口大，要两年以后才能产生反哺效益。

所以说，村里要尽快扶持擂茶产业，因为它投入少、见效快。我们每家每户都具备生产能力，每一个老百姓都知道制作擂茶的工艺，这是我们霞染村的一大特色。"

三十一

精准扶贫工作队联络员小胡接着发言："说实话，这个村我们进驻2年多了。给我的感觉，确确实实很温馨，同时让我觉得来到这里跟大家一起搞精准扶贫是一种荣幸。我们在这里搞精准扶贫工作，对霞染村的发展是充满希望的。我们也在各个地方，不同的场合，谈我们对霞染村的感受，尽我们最大的努力来宣传霞染村。新年伊始，听到村支书和村长对过去一年相关工作的介绍之后。我想谈以下几点感受。

先谈一下我们精准扶贫攻坚年的一些想法。首先我觉得，我们村支两委，对于班子建设，是做得相当到位的。这个我也是感受很深。我也希望，在今后的工作当中，我们村支两委，加强班子建设。特别是要高度统一思想。紧密团结在霞染村村支两委的周围。大家能够拧成一股绳，把霞染村美丽乡村计划，能够一一贯彻落实到位，争取在不久的将来能够看到美丽的霞染村各项工作都走在全省的前列。

第二个方面，是我们前面讲到了一个乡村振兴战略。这个美好的蓝图已经基本绘就了，也就是说，这个基本框架已经构架成型。具体内容的充实与丰富，包括乡村旅游、乡村振兴、产业发展等等，这一切设想都很好。

但怎样才能把这一部分落到实处，做好政策对接、村企衔接，包括基础设施建设，只要我们很好地把它做得血肉相连，把它丰满起来。接下来，包括驻村扶贫工作队、村支两委，包括六个合作社，包括镇党委驻村干部在内，我们一起要着重思考的问题，尽管精准扶贫工作，今年是攻坚决胜年，要使贫困群众全部精准脱贫。这应该是我们美丽乡村建设的原动力。

美丽乡村建设永远都要努力，一如既往地做下去，所以大家都要开动脑筋，不忘初心，方得始终，贯彻落实我们美好的蓝图。

怎样做好我们霞染村的工作？那么今年希望我们的村支两委，我们扶贫队的，就今年的工作，接下来的工作，尽量有一个具体的工作计划，量力而行。根据我们现在的情况，有一些什么政策，有一些什么资源，能够做什么样的事，一件一件地贯彻落实，把我们的设想落实在具体的实际工作上，精细准确。通过做一些具体的实事，把蓝图上的笔画画在我们的青山绿水上，落在我们老百姓的心坎里。我们将与村支两委一起同呼吸、共命运，把这些事情一件一件扎扎实实地落实到位，这是第二点。

第三点，我们精准扶贫工作。经过两年来的刻苦努力，现在看来，也打下了良好的基础，与上级的要求比对应该是比较好的。我们扶贫队，接下来主要是协助霞染村村支两委，做好相关的基础工作，完善不足。

另一方面，我们城管局党组织，会尽最大的努力，拨付一定的配套资金，到村里面来完善、支持建设，这个我们何丰华书记已经在局党委会议上，做了详尽汇报。会上大家仔细研究具体实施方案之后，统一思想，通过了何丰华书记的申报方案。上一级扶贫办与相关职能部门，何丰华书记利用春节休假期间多方奔走进行了多次衔接。所以我们尽量能够争取拨付

一定的扶贫资金到村里面来，这是我们第三个要做的。

第四个，利用相关的资源，能够到县里面，甚至到省里，争取相关政策，或者争取成功人士的人脉资源。为村里面的建设找到更多的渠道，也就是我们扶贫单位以及我们扶贫工作队要尽力去做的。

局领导说实话，从张书记到我们何丰华组长，到了村里面看了之后，也是对我们扶贫工作队两年来在村支两委的密切配合下，所取得的成绩非常满意。他们感慨地说，投到霞染村的每一分钱，都用在了刀刃上，用更土一点的话说，分分钱掷地有声。同时也被我们村支两委的工作热情，为民服务的这种精神所感动，所以他们愿意去做一些外部的资金争取工作。平常我和他们也聊过，他们也会去，会帮助找一些途径。这是我们下一步想要在扶贫方面做的。

最后呢，就是我对乡村振兴战略，一些小小的想法，刚刚我听村支书提到，他谈到了非常好的设想旅游。一定要把它做大，做强，做出一定的特色，同时或者说：我们那些旅游景点，除了看之外，还要专门有一个组织者，来协调举办一个晚会，或者说一台什么节目，就像我们昨天的村晚一样。预定日期，每一个月或者哪一天，或者哪两天搞乡村节目演出，能够让游客们有期待，能预约，节目有内容，那我们游客进到咱们霞染村之后，可以体验摘果子、抓田鱼、看节目，把这一些所有的东西完善起来，他们到这里来能够有一个回味，回去后还能够带去口碑，说这个地方确实好玩，活动有内容的，有看的，有玩的。这样做对乡村振兴的霞染村的宣传效应，是非常有利的，这一方面呢，希望大家都多思考一下。

我在这里感谢我们村支两委，以及扶贫工作队对我无微不至的关照。无论从哪一方面，都能够确确实实的，生活方面也好，工作方面也好，对我们真的是非常非常的细心周到。在这里呢，表示衷心的感谢。

同时希望我们霞染村前景越来越好，合作社越办越兴旺。我就说这么多，谢谢！"

三十二

村长："谢谢小胡的夸奖，说实在话，精准扶贫工作队和我们村支两委是一家人。要说感谢，我们应该感谢你们才对。我们的班子建设，虽然说个人能力不怎么样，但是总体来说能力还是挺强的。

领导班子也进行了无缝的对接。同志们都有大局观念，我们毕竟是党员，有党的底线，班子建设在精准扶贫工作队'第一书记'的帮扶下，有了长足的进步，继承了我们党的优良传统。

何书记也给我们提了一个很好的设想，虽然说我们美丽乡村建设还只是有了一个基本的框架，但是我们也进行了试水。刚刚联络员小胡同志，为霞染村今后的发展提出一个很好的意见。资助一些村里的贫困学生，基础设施建设，准备搞一个那样的社会团体。帮助协助村里进行一些发展。这也是一个很好的建议。以后会有很多项目通过合作社来实施。

以后在这个方面，第一个我们要给老百姓一个明白。不辜负党和政府的扶助。实施要有出处，要明明白白。另外一个就是保护我们自己。在里面拨给我们的办公用具是半年一次。也要确确实实为老百姓做一个好的建设。毛主席说了的，要走就要走群众路线。为老百姓做点事。不要利用相关资源利用相关人脉和争取相关的政策，为村里的建设找到更多的渠道。不管能不能成，能不能做好，但是我们一定要尽自己的努力去做。去争取一下。老百姓脱贫，我们也很有信心能够做好。村里面的村支两委还是敢

想敢干。思维很超前，很全面。

另一个就是干实事素质要提高。前景设计，设想要超前。我们不能仅仅停留在脱贫上，更要努力致富。贫困户，我们要多走访了解情况。改变工作作风，每个村干部都要尽自己的能力，做自己力所能及的事情。看了你们那个申报项目的计划，其实做得蛮好的。

村长话刚讲完，村支书就开始点将，半开玩笑似的说道："丰华书记，你一直听大家说，老是不发言，今天这个会，就由你来做总结性概括。"

三十三

何丰华笑了笑，说道：

"大家都能畅所欲言，把去年的工作做了一个良好的总结，把今年的工作也做了周密的部署。说实在话，我听了都很感动，你们每一个人的发言都能集中在一点上，那就是美丽乡村建设，并且高度都站得恰到好处，提出的目标可操作性强，玩的是真枪实弹，讲的是铁骨铮铮，真正体现出了咱霞染村党员们的不忘初心，围绕着以习近平总书记为核心的党中央提出的社会主义核心价值观为我们的出发点，为我们的指导思想，指导我们霞染村的各项工作。

我来霞染村两年多了，今天这个会，应该说是开得有利于霞染村的发展，是霞染村美丽乡村建设的集结号，又是冲锋号。

我们精准扶贫工作队就分组包片，狠抓落实三个项目建设。

第一，枫树坳最后五公里连组公路必须在九月份之前挖通；

第二，刘富强养猪基地，猪粪便环境污染治理及建造沼气池进行无害化处理，新型能源推广项目；

第三，杨梨花带领的十八户建档立卡户，有机蔬菜大棚的扶持项目；

第四，部分人畜饮用自来水修缮入户补漏项目；

第五，贯彻落实精准扶贫工作，脱贫不脱政策不脱帮扶，摘帽不摘监管的脱贫攻坚方针，对我们霞染村一百四十八户建档立卡户在九月份之前进行一次大回访，对已脱贫的贫困家庭中实施，在致富路上扶上马送一程活动；

第六，对农民产业合作社完善基础设施建设，尽最大可能对接政策，核实基础。

我想啊，在村支两委的积极配合下，在上级领导的大力支持下，通过九个月的努力，我们一定能完成以上工作，提升'两率一度'，为下一步的美丽乡村建设奠定基础。刚刚联络员小胡也说到了这些问题，村支书、村长也布置了这些问题，可见我们是不谋而合呀！"

会场里响起热烈的掌声。

何丰华说到这里时，身子往桌前靠了靠，停顿了一会儿。

"我今天在这里也给大家提个建议，刚才我发现，有几位支委没有做会议记录，这个不好。开会议事，要留下痕迹，落实起来才不会忘。"

村支书听到这番话，马上插话进来：

"这一点上，我也注意到了，我们都要向何丰华书记学习。从开会第一时间开始，何丰华书记一直都在认真地聆听每一位同志的发言，精心地做着笔记，这一定是他多年来养成的习惯。据我了解，无论是他在部队当战士时，还是入军校当学员时，无论是提干后做连排长时，还是后来做团长时，做会议笔记、写日记或读书笔记，都已成为一种工作生活习惯。我跟他一起参加会议，无论走到哪里，他包里都装着笔记本，记录着过往。

有时我觉得会议不重要,还劝他说:'今天不用记,没关系。'他却语重心长地说:'咱们做领导的,好记性不如烂笔头啊。'做个记录一是能准确传达会议内容,二也是对发言的同志的一种尊重。"

何丰华立马打断他的话,"不用多说了,我刚刚也是做一个善意的提醒,这个问题点到为止。"

何丰华又清了清嗓子,把身子向桌子前又靠了靠,把右手放在桌子下顶在肚子上:

"同志们,时间不早了,刚才我认真听了各个支部小组同志们的发言,霞染村精准扶贫工作,我认为同志们的工作落实精细是可圈可点的,所反映出来的问题也是我们村支两委亟待解决的。

正月初二我与村支书、村长一道走访了枫树坳,对连组公路最后五公里做了深入细致的实地调研。通过这次深入调研,对我触动很大,我对少数同志的工作在这里提出批评,枫树坳连组公路规划过程中,确定路线走向过程中,考虑问题没有结合实际,遇有拦路虎,没有对涉事农户讲清道理,更没有站在村民自身利益的高度思考解决问题的方法,又没有及时将掌握的情况反映到村支两委会议上来。今天,还没有过十五,本来在这喜庆的日子里,我应该多说几句好话,多说几句贴心话。

同志们,恕我直言,我行伍出身,不会转弯抹角,如果在今年九月份,这最后五公里还打不通,我这个扶贫'第一书记'无法向上级党组织交代,也对不起咱们霞染村枫树坳那二十六户农民兄弟。

昨天支书和村长,我们一起拿了个主意,对第一个拦路虎张老汉对接政策,落实精准扶贫异地安置,他也是我们霞染村仅剩的九户预脱贫的贫困户之一。

可能解决了这个难题,里面还会有很多的难题,他,我们争取到了养猪专业户刘富强的支持，会后村委会扶贫专干就立即起草报告，同步与杨梨花有机蔬菜大棚扶持项目，刘富强猪粪便无害化处理项目及沼气池建造项目一并公示。

"我个人认为啊，只要有利于霞染村基础建设，有利于贫困群众脱贫致富，有利于广大村民群众生活，在党的政策允许的范围内，在咱们霞染村可以特事特办。"

他说着，头上的汗噼里啪啦掉了下来。支书拉了拉他，问：

"老何，你很热吗？是哪里不舒服吗？"

何丰华摇了摇头，继续说道："我充分相信咱霞染村人的思想觉悟是高的，公示的目的是为了让广大村民监督我们村支两委的工作，同时也是我们村支两委工作重点的一个发布和通知，向广大村民的一个告知，精准扶贫，攻坚克难，我们霞染村已到了攻坚克难的最后冲刺阶段。这最后的九户预脱贫建档立卡村民，就是我们精准扶贫工作队从今天起，往后推九个月的工作重点。在此啊，我恳求我们村支两委在我们今后的工作中一如既往的支持、帮助我们完成脱贫攻坚任务。"

说着说着，他脸上的汗更多了，脸色也变得惨白。小胡急忙靠过来，握着他的手说道：

"何科长，你手咋这么凉啊？走，我陪你去医院。"

"没关系的，我屋里的包里有药，你去帮我拿来，吃一点儿就好了。"

小胡一边去他屋里拿药，一边打电话给张局长，急切地说道：

"局长，何科长生了重病，你赶快安排车把他接回去，到县医院治疗才好。"

张局长问了句："你们没在家休假吗？"

"局长，今天是初八了，村支两委的例会按照上面的规定，我们必须来参加的。"

"好，我马上安排车来接。哦，你通知他家属了没有？"

"没有，我怕他老婆着急。"

"那就先别通知，你们先上来到医院里检查再说。"

挂了电话，小胡从何丰华的包里拿出了两瓶药，急匆匆地跑进会议室，大家都围在何丰华的身旁嘘寒问暖，村支书叹息道："何书记，你是来咱霞染村玩命儿的吧？正月初二就跑了过来，这几天没闲着，走东家串西家，走访贫困群众。你看，又不听劝，这不，累病了吧。"

何丰华却呵呵地笑着，"不用担心，老毛病。我还不知道自己的身体状况吗？咱当兵出身的摸爬滚打惯了，没那么娇贵，大家伙儿都回去吧。"

小胡把药和水递到他手上，"来，何科长，你看我没拿错吧？"

何丰华接在手上扫了一眼，说道："谢谢，没拿错。大包里也只有这两瓶药。"

何丰华从瓶里倒了几粒药，一把塞在嘴里，大口地喝了几口水咽了下去。见会议室里一屋人还没有离去的意思，何丰华又笑着劝道："今天是正月初八，你们都快回去吧。屋里敬八仙，你们可是男主人哦。"

村长没好气儿地笑道："丰华书记，你都病成这样了，还记着八仙节呢？"

"没事儿，真的没事儿，你们放心就是了。"说着，他强忍着身体的不适起身，右手扶着腰际，左手端着茶杯，说了句："小胡，把包帮我带过来。"笑着对大家说："你们看，我这不是挺好的吗？你们快回去，我回屋里躺会儿就好。"

支书也说道："那大家就散了吧，我在这儿陪着，我也打发会计陈老四去请村里的医生去了。"

小胡一会儿掏出手机看一看时间，心里想着：今天这三十五公里的路程怎么需要那么久的时间啊？平日里最多一个半小时就到了。就在这时，他的手机突然响了起来，

"小胡，何科长在哪里？我们到了马路上，他还能走吗？"那焦急的询问声是张局长的声音。

"哦，好像是肚子疼，身体很虚弱。"

"那我们把车开下来了，你帮他准备准备，收拾下东西。"一阵救护车的鸣笛声由远及近，停在了村委会的大门口。

张局长一边往里走，一边喊着："小胡，你们在哪里？"

村支书跑了出来，"局长亲自来啦。唉，这回丰华书记病得不轻。"

这时小胡扶着何丰华从屋里出来，张局长扶着何丰华的手臂焦急地问道："怎么样？快，扶到救护车上去。"

医生们也拖着担架跑了过来，给他简单地量了下血压，做了个初步的检查，询问了病情，便抬上车去。小胡陪着上了车，张局长叮嘱了一句："我在前面开路。"救护车拖着长长的鸣叫声冲上了公路。张局长的车打着双闪，冲在前面。

三十四

县人民医院的急诊室里，妻子流着泪埋怨道：

"你呀，真不让人省心。大过年的，也不让一家人消停，真急死个人。"

何丰华只是憨憨地笑着，安慰道：

"没事的，没事的，又不是什么大病，打两针就好了。"

妻子反驳道："那可不行,等你缓解一会儿,没那么疼了,我就陪你去省城的大医院做一个全面的检查。"

"没那个必要,咱当兵出身的,摸爬滚打惯了,没那么娇气。你跟我生活这么多年,还不知道我的身体吗?棒着呢!"

"见你的鬼,都躺在病床上了还逞能。"

"唉,医生都说没事儿,消消炎就好了。"

"这回我是不会信你了,你要看在两个孩子的份上,乖乖地跟着我去省城做全身检查。"

"好,听你的,你先回去吧,孩子该吃奶了。"

"没关系,我准备好了牛奶,他哭的时候奶奶会喂的。"

正说着,女儿倩倩焦急地跑了进来,扑到床前,拉着何丰华的手,焦急地问道:"爸爸你怎么了?你躺在这里干什么?你受伤了吗?"说着,两串泪珠噼里啪啦地掉了下来。

何丰华笑着安慰道:"爸爸没事,你不是在补课吗?跑来干什么?爸爸没事的,输完这两瓶液就回家陪你。"

倩倩又反过来问妈妈:"爸爸真的没事儿吗?"

妻子只是无奈地摸了摸女儿的头,安慰道:"没大事儿,是累病了。"

何丰华一大早就睁开了双眼,窗外的小玉兰枝头上开满了一朵朵形似鸽子的白花,一阵淡淡的清香随着晨风飘到了病房里。

他突然想到:霞染村的中秋酥脆枣也应该开花了吧!都两年了,今年该挂果了!又一想:自己真没文化,酥脆枣树要5月份才开花的,还差日子呢!这个季节,那一坡的黄桃绝对是开了的。

一幅李花白、桃花艳的画面在他脑海里呈现出来。不行!我得早早地回霞染村才好,躺在这病床上,哪有霞染村的空气好呀!这会儿,如果是站在山坡上，看着那一坡的桃花，该是一件多么惬意的事呀！他在心里默默地设想着。也许是药物的作用，也许是这玉兰花带来的春的气息，一觉醒来他感觉身体好多了。

妻子见他醒了，问了句："怎么样，好些了吧？"

"嗯,好多了。"他伸了个懒腰,"唉,这真可谓病来如山倒,病去如抽丝。你看！我这不是完全好了吗？"

"别逗能！年岁也不小了，要想着你上有老，下有小。我们一家人，都还靠着你呢！"

"没逗能，我自己的身体我自己还不知道吗？"两个人你一句、我一句地抢白着。

病房的门打开了，老父亲挪着蹒跚的步子，提着食盒挪了进来，妻子一看，立马跑过去，接过饭盒，扶着老人在床边坐下。

何丰华带有几分埋怨的口气，说道："爹！你怎么还给我送饭来啦？你的腿本来就不方便，要是再摔着、碰着了该怎么是好？"

妻子则反驳道："还不是因为你！爸爸听到你病了的消息，在屋里来回打转，坐也不是、站也不是。昨天就要来医院了，是我好说歹说才答应的。要不是你儿子在家拖着，怕老妈也来咯！"

老人向前挪了挪凳子，打开饭盒的盖，颤抖着双手倒了一碗鸡汤出来，不紧不慢地对何丰华说了句："来！这是你妈昨天晚上给你炖的鸡汤，快趁热喝上两口。"他的表情掩饰着，是那么淡然。

何丰华双手接过碗，没有说一句感激的话，"唏嘘"地喝着，泪水不经意间滴到了手背上，妻子扯了一张餐巾纸递给他，他没有去接，任那泪水划过脸颊。

老父亲接过纸，帮他擦拭着那脸上的泪，打趣道："哎！这孩子，一

把年纪了，都个做爹的人了，还哭鼻子，不害臊！"

放下碗，何丰华一下扑到老父亲的怀里，妻子见状也把手搭在了何丰华的肩上，何丰华喃喃地说道："儿不孝，这么多年来，让你和妈妈操心了。"

妻子心想，"你还知道老人为你操心，25年的军旅生涯，一有风吹草动，做父母的哪有不牵挂呀！别的不说，自我嫁给你以后，经历的那些事，不知道老人有多少个夜晚辗转反侧。部队搞演习、部队搞冬训、部队抗洪救灾，你不是兵头，就是将尾。特别是那年汶川大地震，你又是带队的指挥员，20天电话打不进，老头天天守着电视看。那段日子，一家人都围着电视看，直到你报了平安，那天晚上的饭菜才有人动筷子。"想着想着自己的泪水也不由自主地流下了脸颊。

老父亲拍了拍他的肩膀，"好啦好啦！你们两个快把饭吃了，没大事，我看一眼就放心了，还得赶快回去和你妈说一声才好。她在家守着孙子，挪不了窝，见我还不回去，该着急了。"说着，便手撑着膝盖站起身来："我该走了！"

妻子立马挽着老人的手臂，回过头来对着何丰华说道："你快吃！我把爸爸送回去，给儿子喂口奶就来。"

何丰华望着妻子搀扶着老人离去的背影，回想到，这么多年妻子为家里所付出的艰辛。自己常年在外，与妻子两地分居，所有家庭的重担都落在妻子的身上，二老身体一向不好。

记得那一年，父亲突发脑溢血，妻子在电话里的那段哭诉，"丰华，你能回来吗？老爸住在医院里，已经抢救两三天了！病危通知都下了三回了，我实在撑不住这个家了。"

那时，大女儿才刚刚3岁，部队正在长途奔袭赴南海某地参加登陆演练，他作为一个指挥员，在这关键时刻，是回不了家的，他只能在电话里对妻子安慰道：

"我带队正赶往演习地点集结，去哪里我不能说。军人忠孝难两全，老父亲我就只能拜托你了！"便挂断了电话，他不用猜就知道妻子那一刻的心情，更不用想就知道妻子那满脸泪水的脸。他庆幸自己遇上了这么一个坚强、明事理、重大义的女人。

妻子风风火火地闯了进来，见饭盒里的饭一口都没有动，那半碗鸡汤都凉了，责怪道：

"你这家伙！真让人操心！老爸老妈费了一晚上给你炖汤、送饭，吃，你都怕难。"

说着，她提起饭盒叹息道：

"唉！我去找个地方帮你热一下吧，要不然，又到了吃中饭的时间了。"

妻子一边嘟囔着提着饭盒走出了病房，一会儿工夫又急匆匆地提着饭盒走了回来，嘴里嚷着：

"这世上还是好人多！我在外边那小吃店里，说给两块钱让他们帮我热一下饭菜，大师傅二话没说就帮我热了，拿钱给人家说什么都不要，还说你家人病了，要吃口热饭才好，我们帮个小忙，没关系的。你说，这一不沾亲二不带故的，还帮你热菜热饭，是不是遇上了好人！"

何丰华接过饭盒，放在床头柜上，笑着赞许道：

"我老婆去找人帮忙，一定遇到的都是好人！不因为别的，别人一看我这漂亮的媳妇，也会帮忙哒！"

"你这家伙！都睡在医院里了，还没个正形。来，快吃吧！想着你也饿了。"

"那咱俩一块吃，我一个人吃不了那么多。"

"我才不陪你在医院吃饭呢！我刚在屋里扒了一口才出来的，你快吃

吧,等下又凉了!"

何丰华端起了碗,也许是昨天晚上没有吃东西、也许是药物的作用止住了病痛、也许是有妻子的陪伴、也许是老父亲的手艺、也许好久没有尝到了家的味道。他大口地吞咽着,一会儿工夫,就扫光了饭盒。

接过妻子递过来的纸巾,擦了一下嘴巴,对着妻子笑道:"这家里的饭菜真好吃!"

三十五

主治医师带着一帮医护人员走进了病房,关切地问道:
"怎么样?好点了吗?"
何丰华笑着道:"好啦!"
妻子则抢先回道:"别听他的,医生,检查结果出来了吗?"
"噢!还有一个血检全套化验结果还没有出来。"
何丰华立马问:"多久才能看到结果?"
"至少要2天,我们送到上面去检的。"
"那我今天就出院吧!过两天再来看结果。村里的工作忙,走不开。"
医生道:"我建议你,还是多住两天好,工作再忙,身体要紧。"
"没事儿,我的身体我知道,咱当兵的出身,没那么娇气。"
"看你今天的气色还行,那就尊重你的意愿,我再帮你开点药,巩固巩固。过两天,来看结果。如果需要住院,那你有再忙的工作,也得放下!一会儿,要你家属来办出院手续。"

妻子一听医生这么说,尽管一肚子不满意,也不好再坚持什么。白了何丰华一眼,"你这家伙,就是个倔脾气。"

送走了医生,何丰华拉过妻子坐在床上,

"哎!你别生我的气,精准扶贫工作今年是攻坚年了,六月份就必须结尾,九月份国家组织验收评估。霞染村你是知道的,我手头上还有3件扶贫工程,急待开工,资金对接问题、施工与村民的矛盾问题都等着我去协调、组织,要不然到9月份,我还真交不了差呢!"

"村上又不是你一个人,精准扶贫工作队也不止你一个人。我就不信了,少了你这个何屠夫,人家还能吃带毛的猪?老何啊,别把自己当根葱,少了你这根葱,厨子一样炒熟菜。"

何丰华一听,似乎抓到了救命稻草般对妻子嬉笑道:

"你看看,你看看,要是少了我这根葱,厨子炒菜就少了味道。霞染村村支两委,我就是调味儿的那根葱。"

"好了!好了!不跟你瞎争了,我说一百个理由说你,你就板着一根筋对付我。"

"那倒不是咧!我这跟你请个假,完成了两个节点,我一准回来天天陪着你还不行吗?要不然,我真放心不下。我的性格你是知道的,做任何事情都要有始有终。"

妻子听完起身,一边帮他收拾东西、一边说:"喏!你反正说自己好了,到主治医生那去把处方拿过来,我再去帮你抓药。"

何丰华从医院大门走出来,正午的太阳打在身上暖融融的,熙熙攘攘的人群、川流不息的车辆。大树底下的花坛旁围坐着的病人,映入眼帘,与市景极不相称的画面。马路上春节的喜气正浓,而这院子里却给人无比的压抑。他拉了一把妻子,"快走几步。这医院里的来苏味儿快让我窒息了。"

走到马路上,何丰华伸出手,拦下一辆的士,坐上车,他长长地吐了

口气,"哎呀!可算摆脱了。"

又转过头来问妻子:"那医院里的味道你受得了?"

"受不了又能怎么办!你要不生病,我才不愿意到医院来呢。没病的人见到医院的门帘都打怵。"

"你看,我们两个找到共识了吧!我都好了,你还非得让我在那住着,不让我出院。好人在医院里都会憋出病来的。"

何丰华口袋里手机的冲锋号响了起来,他掏出手机扫了一眼,告诉妻子说:"是张局长打来的。"立马滑了一下屏。

手机里传来张局长的询问声:"何科长,你在哪里?我们到医院来看你,医生说你出院走了,你病好了吗?"

何丰华应着:"我刚从医院出来,现在正在出租车上,在回家的路上。"

"那好,我们到你家来看你,咱们见面聊。"

挂了电话,何丰华对司机说了声:"能请您快点吗?"

司机却甩过来一句:"能快我也愿意快啊,你看这路上车多拥堵,又正是中午吃饭的点。"

好不容易等过了几个红绿灯路口,一进门张局长和几位稽查科的同事在老父亲的陪伴下坐在客厅里。

老父亲见有人用钥匙开门,便起身对张局长说:"他们回来了。"

妻子推开门,见张局长坐在屋里,惊讶地笑着道:"嗬!领导们比我们还先到家啊!"

何丰华立马伸出右手,握着张局长的手寒暄道:"太感谢了!我没大事,这大中午的,局长还登门来看我。担待不起啊!担待不起啊!大家快请坐,请坐!"

老母亲从厨房里走出来,提着个烧水壶,对着何丰华说,"你呀!医院到家门口,就那么点路,领导到屋里都等半个多小时了,也不见个人影。"边说着、边给每个人添着茶。

何丰华的老父亲,把局长面前的茶杯往他手边推了推,"喝茶!喝茶!这还是年前我女儿从湖南老家给我带来的曲江拨片咧!你尝尝,这味儿还挺香。"

张局长端起茶杯,先是在鼻子前闻了闻,又举起玻璃杯瞧了一眼,小小地喝了一口,赞许道:"嗯!不错,不错!味儿很清香,茶汤清亮,真是一杯好茶呀!"

放下杯子,对坐在对面的工会主席杨小柳使了个眼色,杨主席会意地从包里掏出一个信封,递给何丰华,"何科长,这是工会的一点慰问金,您收着。不多,也是组织的关心。以后啊,要多注意身体噢!"

何丰华接过来放在茶桌上,"谢谢!谢谢!谢谢组织的关心。"

张局长接过话,关爱道:

"何科长,我知道你政治觉悟高、工作能力强,做什么事都能拿得起、放得下。但也要注意身体呀!身体是革命的本钱,失去了健康,那将一事无成。"

刚在屋里喂完孩子的妻子,立马接话道:

"局长啊,你可得好好帮我劝劝他。在医院,他跟我说吃了中饭,他就回霞染村。我是左劝右劝也做不通他的工作。医生说再过两天就去拿化验结果,他是死活也不愿意在家里等两天。"

"老何,这可是你的不对了!身体不好,你可不能硬撑着。"

老父亲也不温不火地说了一句:

"打小啊,他就是个硬汉子。打针吃药他哭得比雷响,六岁那会啊,村上人出麻疹,说来也怪,他满村地乱跑,就是不染疾。可是这会儿啊,

年岁大了点。丰华啊,你也要听人劝。有病咱治好了再去做事。要是你年轻,爹不担心。"

老母亲也帮腔道:

"打过年那会,我就看你脸色不对,黑眼圈看上去和电视里的熊猫差不多。一脸黢黑,就想着问问你来着,你爹不让问,说大过年的晦气。我这装在心里啊,一直是个坎。三十那天拜祖宗,我在神龛那给你打卦,求佛祖保佑,怎么也打不出三满团圆!这不,才过了破五,你就病了。我看呐,你还是在家里好好养上几天。你们大伙说说,看我说得在理上不!"

众人异口同声地说:"在理上!在理上!"

杨小柳走到大妈身旁,亲切地说道:

"咱们何科长真有福气,这会儿还有个妈陪着,咱们大伙都羡慕着呢。我一看到你啊,就想起了我妈,特别是过年,别人家里有老人操持着,我们家啊,双方老人都不在,大年初一出了门都不知道往哪走。想去拜年,都没地去。何科长,你可就听两位老人的话,就在家多歇两天吧,多陪陪老人。常言道:'有妈在,家就在。'这日子是最幸福的。"

张局长插话道:"小柳主席说得对,父母在,人生尚有来处;父母不在,人生只剩归途。"听了张局长这一番感慨,在座的人都频频点头。

"局长的话说到点子上了。何科长,应该听进去了吧!局长只是没明着批评你了。"说话的是稽查科的老科员黄满洲。

何丰华咧着嘴傻笑着,打着哈哈:

"大家的好意我都心领啦,今天是大年初九,是玉皇大帝的生日,大伙都别走,在我家喝一杯。平常大伙也没时间来我家坐坐,正好,择日不如撞日。今天咱们也来个天庭群英会。老婆!准备饭菜。"

妻子在厨房里应着:"我正准备着呢!还要你交代,今天是个好日子。"

老母亲也笑着打着哈哈道：

"大家伙别看我们丰华平日里啊，铁骨铮铮的，像个硬汉子，实际啊，他心细着呢！这不，连玉皇大帝的生日都记得住。今天呐，大家伙都别挪地方，我们家老头子啊，做得一手拿手菜，湖南味儿的毛氏红烧肉。前些日子，他爸爸就做好了，给他留在冰箱里，正好，今天咱们大伙一起尝尝。也算大家有口福咧！"

何丰华一听，忙说："真的！我们家老父亲的手艺真的很好。"

杨主席立马附和道："那我们就留下，大口吃肉，大碗喝酒。"

何丰华扫视了一眼众人，见大家都没有提出异议，拉着张局长的手说，"局长，我俩到书房，我把霞染村第一次例会的情况给您汇报一下。"

又对众人说道："大家伙先坐会、喝会茶。我和局长汇报下工作，就来陪大家。大家随意些。"

两人走进书房，何丰华虚掩上了书房的门，"局长，非常感谢局党委，给我下乡去锻炼自己的机会，在霞染村精准扶贫这两年来，确确实实学到了不少东西，也增长了不少才干。霞染村刚刚召开的村支两委联席会议，对我们局里面提出了一些恳求，希望我们能在资金上支持他们的基础建设与扶植项目。我当时没有表态。"

"他们都有哪些项目没有达标？"

"噢，到9月份能完成的，大的有3项，一个是给枫树坳最后5公里连组公路。我想着呢，请局长跟农村公路局衔接一下，作为我们单位的精准扶贫项目，对接扶持。您看，是否妥当？"

"还有呢？"

"还有就是，请局领导出面与农业局对接一下，霞染村有个叫杨梨花的贫困户，自发组织了18户建档立卡户，准备建立一个有机蔬菜大棚合

作社。"

张局长插话道:"上一次我带队去霞染村搞结对子、认家门、大走访时,农业局的孙局长不是当场表态,大鹏设施的建设器材、控温设备和滴灌设备由他们免费提供的吗?"

"除了这些以外,还是有资金缺口。种子、化肥、拓展资金,还需要局领导出面与农业局继续对接一下才好,或者是我们局里面能不能再出把力。"

"这个,上一次党委会上你不是也提出来过吗?就按上次的会议决定办就是了。何科长我知道你今天再一次提出这个问题来的顾虑,精准扶贫是各级党委的分内事。6月份全面验收,这是中央的统一部署,你回去呀,让村里边尽快来对接资金就是。局里边将举全局之力,完善霞染村的脱贫项目的收尾工作。"

"那太好啦!"

"还有,你还忘了一项吧,精神文明建设。霞染村的牲畜污染治理。"

"对了!对了!我是怕局里面有限的办公经费压力太大,没敢再说。"

张局长打着哈哈道:"老何呀!我就知道你有顾虑嘛!你怕别人说你吃里爬外,是不是?"

"嗯,真有点!"

"这个养猪场粪便污染治理项目,年前我跟农牧水产局对接过了。国家早就出台了相关政策,并且也对接好了项目资金,过两天,我会和他们一道来霞染村,深入实际、到现场考察实际情况。要专业技术人员核算一下,看到底要多少资金。由他们用专项资金进行立项扶持。"

"那太好啦!那我回村里之后就可以放手去抓落实了。"

"老何啊,局里面是咱们县精准扶贫先进单位,我们要保持这个荣誉,就靠你了！我们共产党人，做什么事情就怕认真二字，而咱们共产党人又是最讲认真的，在脱贫攻坚最关键的时刻，我们要有始有终，做到极致。还是那句话，有问题，你及时地回来汇报，咱们共同商量，寻找解决问题的办法。但是我也要求你，一定要注意身体。"

何丰华连连点头，"会的，我一定会的！"

妻子推门进来，"老何呀！大过年的，关在屋里谈什么工作呀。快出来！菜都上桌了。"

何丰华起身招呼道："走，咱们也出去喝一杯！跟玉帝一起过个生日。"两个人会意地笑了。

饭刚刚吃到一半，何丰华手机的冲锋号又"滴滴答答"地响了起来，"丰华书记，你好些了吗？住在医院哪个病室？哪个床？村支两委的同志们都要来看你。"

"哈哈！支书，不用了，大过年的，看一个生病的人，多晦气啊。再说了，我也已经出院了，这会儿正陪着父母在家吃晚饭呢。"

"真的假的？你叫弟妹接个电话。"

何丰华喊过妻子，"来，霞染村的支部书记，要跟你说句话。"

妻子从他手中接过电话"喂！支书，新年好！"

"噢！新年好！新年好！老何是出院了吗？"

"对，今天中午就出院了。"

"他那病好了吗？"

"哎！不疼了。"

"那我们今天晚上过来给他拜年。"

何丰华一听，连忙从妻子手中抢过电话，连连说："不用！不用！好意我领了，我过会吃完饭就回村里。"

村长关爱地说道："刚刚病了一场，你到屋里歇两天再说。村里的工作有我呢，大家会集体抓落实的，你不用担心。噢！通个气，今天上午挖机就运到了枫树坳，按照原先已规划的路线，已经动工了。"

"还顺利吗？"

"这会儿挖的是荒山，还好。噢，不说了，我都忘了这茬，你还在吃饭呢！"

"好！好！好！等我回来，咱见面聊。"何丰华收了电话，摆在桌上，端起酒杯道："来！咱们来喝一个。"

工会主席杨小柳却抢白道："何科长，你还是别喝酒，昨天打了针、吃了药，肯定吃了头孢，那是最忌喝酒的东西。这样吧，你喝白开水、我们喝酒，意思一下算了。"

妻子笑道："你看，杨主席多细心呀！我给他倒的是白开水。平时，我们家老何也不好酒，不到万不得已，他是不端酒杯的。"

说完，她从桌上拿起一只空杯子，拿过酒瓶，满满的倒了一杯，举起酒杯道，"为了助兴，我替我们家老何敬大家一杯。"

众人一起应和道："要喝，咱们就喝三杯。"

妻子并不示弱，"好！这第一杯，我祝大家新年快乐！"说着，双手托起酒杯，一仰脖，干了！放下酒杯道："我先干为敬。"

众人见她喝完了，都一仰脖喝了第一杯。

何丰华在一边劝道："大家多吃点菜！大家多吃点菜！"

又夹起一块红烧肉，放到张局长的碗里，"来！尝尝，这是我老爹的手艺，霞染村'懒汉'家养的猪杀的肉，大年三十那天上午送过来的，还是真正的土猪肉咧。"

张局长一边往嘴巴里面送着肉咀嚼着，"这个懒汉喂猪的故事我听说过，同志们，咱们的何科长可是了不得。能把一个养猪、猪都能喂爬墙的懒汉扶助，脱了贫还不说，而今呐，还成了霞染村出了名的养殖专业大户。"

杨小柳凑热闹道："这个故事啊一定感人。何科长你快说，你是怎么做到哒？"

何丰华只是笑，笑着摆了摆手，"这个不可以说，都是过去的事了。现在，别人都成了脱贫致富的带头人了，老黄历翻过去就翻过去啦。三十那天，他是来求助的，刚刚我跟张局长就是商量他的猪粪便做无害化处理的事。"

妻子也插话道："大家放心吃，这肉不是贿赂，我是变相买来的。"大家一听，都"哈哈"地笑了。

大家正在兴头上，何丰华的电话又响了，何丰华一看手机，对着大家笑道："这人呐，就是不经念叨。这不，说曹操曹操就到了。这就是肉的主人——'懒汉'的电话。"

"你快接，我们听听他说啥。"

何丰华开了免提，放在桌上，"喂！何书记吗？今天上午听说你病了，还是被救护车拉走的。"那声音里传来的是一份焦急和一份牵挂，"你住哪个医院？我立马就进城看你。"

何丰华一听，"不用，不用！谢谢你牵挂了，我今天中午就出院在家了。明天到你屋里来看你。"

"是真的吗？你我都是当过兵的人，可不兴骗人的。"

"老刘啊，我不会骗你的，我明天一定到你屋里来。"

"何书记，那就一言为定，我明天中午弄好饭菜等你来。"

"行，那就一言为定。"

听完这段朴实的对话，张局长率先发言：

"农民，特别是走出贫困的农民，是最懂得感恩的。记得我在乡里工

作的时候，越往深山里边走，我就越不愁没饭吃。

不管你是认识的还是不认识的，在太阳下山的时候，山里人家都会主动地问你：'你到哪里去呀？'如果你回答你要去的地方还有很远的话，他们会主动提出来留你过夜，劝你天明吃了早饭再走。

更有趣的是，你如果跟他们打成了一片，交上了朋友，你只要走进沟口，一传十十传百。丰华知道的，就像部队里前排传后排一样的把这个消息传到你要去的人家。

我们那个时候在乡下工作，通信工具是极度落后的，大哥大是买不起的，最多能买得起一个当时最时新的BB机。说了不怕你们笑话，BB机这玩意儿啊，在国外是农场主挂在奶牛脖子上的，设置一个专门的信号，呼叫一下，那奶牛就会乖乖地跑回来挤奶。

传入中国，那会儿还成了身份的象征。我还记得一个改革开放初期盛传的顺口溜：'手拿大哥大，腰挂BB机，到处找电话。'非常真实地反映出那段岁月。"

一桌的人都听着张局长有声有色地诉说。何丰华的老父亲附和道：

"领导的记性真好，是那么回事嘞。1984年那会儿啊，我们这些人都经历了，BB机有个126寻呼台，那一部分先富起来的人们都抢先购买BB机，能显示中文的BB机可贵了，一般要8000-9000元，可以与现在的智能高端机媲美。拥有者风光十足，赚足了面子，频繁地换BB机，调出各种铃声炫耀自己拥有。随着摩托罗拉、蜂窝手机涌进中国市场，BB机慢慢地就被人家扔了，退出了中国通信历史的舞台。"

"伯父，改革开放四十年来，您经历的事儿可真不少。"

"唉，那些事儿啊，都不值得一提。倒是这精准扶贫，是党中央为咱老百姓做的一件大好事儿。这会儿你在街上看看，街上的所谓的盲流少了，讨米要饭的人几乎绝迹了，过去过个春节啊，你在屋里坐着都没个消停，敲门的来了一波又一波，财神爷的纸片是买了一张又一张。自打习主席号召全党抓党建、搞精准扶贫，这几年你到街上看看，很难碰上一个。"

张局长一听，赞许道："呵，伯父您观察得可真仔细。"

"这个是有目共睹的。自古道：'人穷生窃心。'哎呀，有吃有喝，谁还愿意从家里跑到外边来流浪噢。我在电视上看着，检验是否脱贫的两个标准，就是两不愁三保障。党和政府把贫困人口都实现了这样的标准，稳定了人心，得了民心，这是共产党人积下的多大的功德呀！"

媳妇立马插嘴道："爹，怪不得我每次拖丰华的后腿你都为他打圆场，感情你是在支持他去搞精准扶贫嘞？"

"是啊，别忘了，我也是一名入党多年的农村老党员嘞。那会儿啊，也还当过村支书嘞。我们那会呀，也想带领广大村民走致富的路，可是，没有当今的好政策，历朝历代，没有哪个能关注到贫穷的百姓，只有咱中国共产党党员真正为咱广大群众谋幸福，国家一年一年的富强了，人民群众的幸福感、获得感在平日的生活中你都能感受到。习主席提出精准扶贫攻坚战略，我在电视上天天看新闻，真是让人欢欣鼓舞。唉！我是年纪大了，人老不中用了。要是这会还年轻，身体还听使唤的话，一准回老家，发挥我这老党员的余热。还好，丰华赶上了好时候，让他去霞染村做扶贫'第一书记'，你说，我能不支持吗？"

一席话博得了满堂喝彩，在座的人无不向老人投来敬佩的目光。

妻子见大家都放了碗，从厨房里端出一盘茶来放到茶几上，问道："大家都吃好了吗？来，请大家到茶几那儿喝茶，我来收拾桌子。"

大家起身，移了过去。张局长则说道："别忙活了，大家都酒足饭饱了，我们撤吧。"

又对着何丰华的老爹说了句:"伯父,您的手艺真好,那红烧肉做的啊,真好吃。"

"谢谢啊。"

"那我们就先走了。"

"欢迎有空再来。"又对何丰华说道:"领导们要走了,你快送送。"

工会主席杨小柳立马阻止道:"不用送,不用送。"首先拉开门,走了出去。

张局长刚要出门,何丰华又喊了一句:"噢,局长,我想跟您说,能叫小吴过来把我送到霞染村吗?您都听到了的,那边确实有事,我要去处理。"

"你的身体行吗?别开玩笑。"

"没事儿,真的没事儿。"

"那我让办公室通知小吴来送你。不过丑话说在前头,你一定要做好家属的工作,大过年的,别弄得一家人不开心。"

"放心吧。"

"那你就赶紧准备一下吧,办公室会安排他过来的。"

"那我就在家等他的电话。"

何丰华坐上小吴的车时,大街上早已华灯初上。一弯皓月远远地挂在天际,天边无数的星斗眨着眼睛。何丰华聚精会神地望着前方,那汽车的尾灯发着红光,左转弯灯一闪驶出主路,右转弯灯一闪进入了村庄。小吴开着玩笑道:"何科长,你怕是在这霞染村当'第一书记'上了瘾吧?昨天我接你回来治病,今天我又送你来上班。你的病好了没有啊?可别逞能噢。"

"好了好了,谢谢你啊。"

一个多小时的车程，何丰华收回了目光，闭上了双眼，回味着这两天戏剧性的折腾，告诫自己，怕是身体真的出了问题。忙完这阵子一定要去省城做一次全面性的检查，还要坚持几个月就好了。过了六月三十号这个节点就一定去省城检查身体。

　　他想着想着睡着了。

三十六

　　小吴把车子停在了村委会大门口，却不忍心叫醒他。拿出车上备的抱枕打开盖在他身上，微微开着热空调。

　　过了一阵子，小吴上厕所打开车门却不小心摁响了喇叭，何丰华揉了揉惺忪的眼睛，见身上还盖了东西，问小吴道："到这里很久了吗？"

　　"有一会儿了。"

　　"那干吗不喊我下车？你回去会很晚的。"

　　"没关系的，我见你睡得太香了，不忍心。"

　　"那谢谢，你快回去吧，路上注意安全。"何丰华站在车门前，看着小吴把车打了倒，又说了句："谢谢啊。"

　　车里传来了一声轻按的喇叭，只见那尾灯消失在夜幕中。

　　村委会门前，两棵桂花树上，栖息过夜的鸟儿天一亮就叽叽喳喳地吵醒了何丰华。他打了个哈欠，长长地伸了下懒腰，一骨碌爬起来，蹬上裤子，抓起外衣，一边往门外走一边穿着衣服。

　　一抬头，远山的那一轮红日刚刚露出头，一点一点地冉冉跳出了地平线，照在田野里，一个火红的圆盘映在水田里。山腰上，那一缕缕的炊烟

似一段洁白的彩绸,向高处升腾,何丰华被这美景吸引着。

突然,几只洁白的苍鹭从那火红的太阳的光环中掠过。何丰华突然想起那一坡的黄桃树,便急匆匆地向黄桃果园的山坡走去。

阳光下,晨风拂过,那满坡的桃花正艳。他兴冲冲地爬上山顶。整个霞染村,那大红的瓦屋顶上升起的几许炊烟,伴着几声公鸡的长鸣把整个山村唤醒。他聚精会神地盯着那一树桃花,眼看着那花苞慢慢地露出了那金黄的花蕊,露滴映在花朵上,更加骄美。

突然山脚下传来了一群人的歌声:

在那桃花盛开的地方

有我可爱的故乡

桃树倒映在宁静的水面

桃李环抱着秀丽的村庄

啊 故乡

生我养我的地方。

……

何丰华循声望去,那声音断断续续地由远及近,歌者走入了何丰华的视线。他一眼就认了出来,是李永新带领着一大帮村姑们来这桃园赏花了。那歌声一会儿高亢,一会儿抒情。蒋大为那首《在那桃花盛开的地方》,唯美的意境、感人的画面在这桃园里得到了充分的验证。

"何书记,你怎么一大早也来赏桃花了吗?前天就说你病了,怎么今天一大早你就在这桃树山上了?"

何丰华没有正面回答他的话,而是岔开了话题,"李老师,您都这么

何丰华看黄桃花开

大把年纪了，都那么热爱生活。我不这也是来赏桃花之美了么？你看，这桃花林里不但花美，空气也很新鲜。"

李老师发自内心地夸奖道："这么好看的一坡桃花，我们霞染村的父老乡亲还都得感谢您嘞！这桃林都成了我们霞染村的一景了，它能给咱们广大村民带来经济效益的同时，也是咱们广大村民陶冶情操的好去处。这几天，盛花期，每天早上啊，来赏花的人是络绎不绝。你看，山下又上来一拨人。"

何丰华顺着李老师手指的方向望去，平日里在广场上舞扇子的那群广场舞大妈正一边走着，一边拿着手机互相拍着照，留下这桃花盛开的瞬间。

会计陈老四混在他们中间，鹤立鸡群。一群人中属他嗓门最大，一会儿把桃枝遮在脸上，吆五喝六地招呼道："来来来，谁帮我在这儿拍一张？"有时还嬉笑着拉着身边的大妈，"来，我们俩在这也拍一张。"有时会传来一阵嬉笑的怒骂声，"我不怕我们家那口子打人，我可怕你们家那嫂嫂打你。"后面又传来一阵打着哈哈的笑声："我不打他，舍不得呢！你们谁愿和他干啥就干啥，我还闹个省心。他呀，只要他把钱拿回来，别的，什么我都不要。"

李老师见何丰华听着大家说笑，解释道："后边儿这个说话的，是会计陈老四的老婆。"

身后传来了一声喊，是村长的声音，"何书记，早啊。"

何丰华忙转身，惊诧道："村长，你怎么从上边儿下来了？"

"昨天晚上于老板把我们几个叫上来喝桃花酒，喝高了点儿，没回去。大清早就从他这山上下来，正好赏桃花。"

何丰华一拍脑门儿，"瞧我这记性，这山上就是于老板他们建的观光园区。"

"何书记,走,我陪你上去看看吧?站在那边坡上往这边看,这桃花更美。特别是早晨那会儿,太阳刚露头的时候,站在那边的赏花台上看这一坡花,你都不愿意下来。走,我陪你上去。"

何丰华推脱道:"不了,我下去还得去枫树坳呢。"

"没关系的,咱们从上边儿下来,我陪你一道去枫树坳就是了。"

何丰华见盛情难却,招呼了一声李老师道:"咱们一起去赏花?"

爬到半山腰,何丰华见一群广场舞大妈在那里摘桃花,大声地问道:"你们摘花瓣干什么?"

一个大妈抢先回答道:"何书记,我们一朵花只摘一瓣儿,拿回家做桃花酱,不会影响结桃子的。"

何丰华接着问:"桃花酱怎么做?"

另外一个大妈答话道:

"很容易做的。桃花去掉花蕊、花茎,只留花瓣,将桃花瓣用清水漂洗一下,用纸巾压干水分,放通风处晾片刻。将洗净的花瓣放入石臼里铺上两三层,撒上一层白砂糖,再铺两三层花瓣,再撒上一层白砂糖。用石锤开始捣桃花,捣到桃花被碾出汁来,桃花变成了酱,花汁将白砂糖染为红色。将捣好的桃花酱放入广口密封瓶里,上面可淋一层蜂蜜,就好了。"

何丰华疑惑地问村长:"咱们霞染村以前没有种桃树的习惯呐?"

"噢,她是早年从河南嫁过来的媳妇。这几个拾桃花的人都是想跟她学吧?"

何丰华立马兴奋地说道:

"这是个好事儿啊。快,快去把她请上来,跟我们一起去见于老板,这桃花酱可以制成旅游产品呀!"

村长惊讶地说道:"看我这猪脑子!我怎么就没想到这一茬呢?"

李老师帮腔道:"这桃树啊,千百年来一身都是宝。有些地方啊,桃叶熬膏可治小孩积食厌食,桃胶啊,可是城里女人美容护肤的佳品嘞!还别说,挺贵的呢。我们家那姑娘在省城买了一大包拿回来送给我,我一看呐,就是那桃树上流出来的汁。"

说着,他从路边桃树的枝干上摘了一小块儿,"你们看,就是这东西。"

何丰华接过来看了看,"我们家那口子好像也煮过这桃胶粥给我喝过。"

村长抢白道:"呵,难怪这于老板为了包这山土愿意多出六十块钱一亩种桃树,感情这桃树遍身都是宝呀?懂科技,识时务者总是能独占鳌头。"

何丰华见村长如此感慨,说道:"他投入这么多成本来咱们霞染村,开发利用山地资源,如不产生经济效益,别人图什么?任何商业活动都是在利益的驱使下才付诸实施的。"

李老师立马插话道:"常言道:'无利不起早'嘛。"

会计陈老四也插话进来道:"别人来之前,这打了铁算盘的。如果在一个周期里边他收不回成本,这桩买卖就是亏本的买卖咯。"

大家伙儿一路聊着,不经意间就走上了观景台。

三十七

于老板早早地就在观景台上候着大家了,一见何书记就远远地着手、打着招呼:

"何书记,你要来咱们这基地赏花,也不先打个招呼,我好安排人到

山下来接你不是？"

"你咋知道我上来了？"

"刚刚陈会计打了电话给我呀，我还请村长替我邀请您上来呢。"

何丰华回头望了一眼村长，"我没见你接电话呀。"

村长打着哈哈道："接了呀。"

从右耳朵里拿出了蓝牙耳机，"何书记，不瞒你说，这一路上我们讲的话于老板都听到了。"

"哈哈，村长，真有你的。"

于老板把何丰华一行人让到一张桌子上坐下，顺手从桌子上拿起一个玻璃瓶，递到何丰华手上，"来，何书记，尝尝吧。这是我们的技术人员刚刚做出来的桃花酱样品，还只有两天噢。"

何丰华先是一愣，心想：商人就是商人，他们不会错过一线商机。这一季花期，看来他们也能创造出惊人的价值。

何丰华接过于老板递过来的瓶子，打开盖子，先是探头闻了闻，笑着道："嗯！好香啊！"情不自禁地喊道："弄双筷子来尝尝！"

于老板一听"筷子"，"噢！忘拿过来了，我去取。"

何丰华立马应道："不用了！"他在一棵伸过来的桃树枝头上，撅了一小段桃枝，在手上一扭，撸掉了树皮。拿着那白白的枝条伸到罐里，挑了一点点鲜红的桃酱送到嘴里，"嗯！好吃，味道清香甘甜，有一种入口即融的感觉，而这香味儿又保留着桃子的本色。"

又把那枝条递给李老师，端着瓶："来！你也挑一点试试。"

"嗯！我也尝尝。"李老师挑了一点放到嘴里以后，连连点头，"嗯！挺好。"又接过何丰华手里的瓶子，把枝条插在瓶子里，对着大家说："来，大家都尝尝吧！别有一番风味咧！"

大家接过去，你品一口、他尝一口。到最后摆到桌子上来的空瓶子上插着两朵连理桃花，那两朵并蒂桃花开得正艳，几滴露珠从花蕊中滚落，一只蜜蜂"嗡"地落在上面。何丰华一见，掏出手机、转着圈记录下了这一瞬间的美景。

他刚一抬头，发现于老板也在拍，何丰华笑道："这花真美，我想它可以派上用场。"

于老板脱口而出："做我桃花酱的商标。"两人一拍即合，爽朗地笑了。

李老师看这俩人笑得这么开心，问道："什么事让你俩笑得这么爽朗？"

何丰华把刚才拍下的照片拿给李老师看："你看美吗？特别是从花蕊那滚出的那两滴露珠，是不是给人垂涎欲滴的感觉？"

李老师一看，惊呼道："美！，美！真的很美！你看，这就是智者的慧眼。正如法国雕塑家罗丹所言'生活中从不缺少美，而是缺少发现美的眼睛'。你看，你们二位就能在这平凡的事物中，发现美的灵感，设计出这么好的品牌商标图片。"

于老板："这是何书记厉害！我是看到他在拍、我才拍的。何书记，就凭你这慧眼，我这桃花酱的名字就把它命名为'蜜汁桃花酱'。何书记，你看如何？"

"我不懂经商，但是，我知道品牌效应。这个，你定就好了，你是老板。"

联络员小胡打来了电话，说："何书记，吃早饭咯！"

何丰华应着："我就来。"

他对着于老板说了声："我要下去了，同志打电话找我。"

又问跟在身边的李老师："你们是玩一会？还是和我一道下去？"

于老板没等李老师回答，对着何丰华笑着说道："我已安排人给你们在做早餐，大家就在上面玩一天吧！"

何丰华笑道:"不了,一下子来这么多人,就是煮碗面,你那小厨房里也没备下这么多。还是各回各的家,各吃各的饭好。"

李老师马上插话道:"对!对!对!何书记说得对,巧媳妇难做无米之炊,别让你为难。大过年的,家里边的人都等着我们回去吃早餐呐!"

于老板一听,笑道:"既然何书记您这么说,我也就不强留了。改日,我专程请大家来我这桃园做客,摘桃子、品桃酒。"

三十八

小胡坐在门口桂花树底下的花坛上,看着日报上的新闻,听见传来的脚步声,抬头见是何丰华书记,打招呼道:"一大早你就出去啦?"

"嗯,天刚亮就出去了,中秋酥脆枣基地栽的那一坡黄桃树都开花了咧!真的很美啊!你没见到阵势,霞染村的男男女女、老老少少一大早都跑到那山坡上赏花咧!"

"那你干吗早上不叫上我去?"

"我是那天在医院的窗子上看到小玉兰花开了,才想着咱霞染村于老板栽的那一坡桃林也该开花了。今天一大早就起来跑过去看的。明天早上我再陪你去看就是了。那山上的空气真的清新、那桃花真的美。"

"看把你高兴的,快进屋洗把脸,我去帮你煮面。嫂子昨天才打电话,让我监督你来着。说你病刚好点儿,要我监督你吃饭、睡觉、别熬夜。"

"嗨!我们家这傻老婆,状都告到你这儿来了!"

"何书记,你也是要注意点身体咧!嫂子担心,不是多余的。"

三十九

何丰华刚刚放下碗,就见村支书后边跟着一大帮人,熙熙攘攘、吵吵闹闹地拥到院子里面来。几个年岁大的村民情绪激动,跺着脚骂娘:"谁家没有个老祖宗?哪个家里没祖坟?要动土,也要有个商量,还得选个日子不?一百年前,我们家太爷爷就葬在那了。这会儿啊,你们招呼都不打一声,就想挖啊!没那么易得。"

村支书索性从办公室里托出个凳子来,坐在桂花树下,任这些人你一句我一句地说得曲直。何丰华见此情景,叫小吴多搬几条凳子到院子里面去,支书喊了句:"大家随便找地方坐啊!"

小胡拎着一条凳子送到一个正口若悬河、满嘴唾沫星子的长者身后,说了句:"您老坐下说,不急。"又转身吆喝了一声:"大家随便找个地方坐,我去给大家泡茶。"

何丰华走出来,站在村支书的身后,问道:"是枫树坳修路的问题吧?"

村支书起身应着:"嗯!"

何丰华扫视了院子里的众人,见枫树坳的吴老汉靠在大门口的门柱上,嘴里叼着一袋烟,便招呼道:"吴大叔,到了这怎么不进屋啊?"

"我是跟大家伙一起来的,在这听听村里面有没有什么说法。"

"什么事儿啊?还惊动了你的大驾。来,你跟我到屋里说说,我听听看是什么事。"

"不用,就在这说吧。"

他一手拽着何丰华的手臂,转到背角处。

"是这么回事,初九那天,挖机就来枫树坳修路了,前边那一截山根下,

是过去村里老茶山的地界，没人在意，也没人管事。往前边，你也知道的，上回你也看了，是张老汉家的破房子。你们做了工作，刘富强也把张老汉接到他们家住去了，村里面也作了妥善的安置。可是再往前，立马就要到我们吴家的祖坟山了。早年，祖山前边有吴家祠堂，后来，都破了四旧。没并村那会，也划过线修路，就是因为这吴家祖山的事啊，阻力大没弄成。就剩下这并村以后的最后五公里。"

何丰华一听，问道："修公路、拆房、移坟，上边都有明文规定的补偿措施呀！"

"村民们有争议的，也就是这么回事。"

何丰华沉思了片刻，说道："农村房屋征地拆迁倒是有章可循的，这个移坟呐，就因地制宜了，没有一个确切的规定说要补多少钱，但是，这个钱是一定要补的。"

"就是呀！补多补少，村上也得拿个数不？少了做不到，大家可以坐下来议议价，多了自然没话说。你看呐，这挖机不是过去的人工开山造路了，眨巴眼工夫，就要修到吴家祖山脚下了。枫树坳除了张老汉家是外来户外，里边 25 户人家都姓吴。移坟这个事摆不平，你说，这路能好修吗？"

何丰华认真地听着吴老汉的诉说，安慰道：

"这个问题啊，还需要您老多做做乡亲们的工作。从感情上说，尽孝、敬祖、尊重逝者是中华民族的传统美德。但大家也要明白，中华人民共和国的每一寸土地都是国家的，同时，也是广大人民群众的。土地所有权归国家所有，国家为广大人民群众的利益，征收土地使用权，筑路、架桥，原有使用者在土地上所修建的附着物，国家或集体应当在予以适当补偿的前提下，予以拆除。"

"何书记啊，大道理咱老百姓也不是不懂，但落到具体落实上，情感上还是转不过弯来的。我们枫树坳的村民们，谁不说你何书记组织修路是好事？大家都从内心里感谢你、感谢现如今党的好政策，处处替咱农民着想。可这拆房移坟，对咱老百姓也是件大事咧！"

"这么着，吴老伯，我知道您在枫树坳德高望重，您说的话只要在理上，大家伙是愿意听的。我跟村支书商量商量，一会你带我们去你们那看看，你负责落实哪座坟是哪家的。如果没有人认账的，就发告示，公告截止后，就做无主坟处理。您把数字统计上来，我们就召开村支两委会议，商量如何补偿的问题。你看行不？"

"行！"

"那我就代表村支两委，拜托吴老伯啦！"

村支书让小胡请何丰华过来，何丰华叫上了吴老汉，说道："咱们一块跟支书商量商量。"

三个人一见面，何丰华就说道："我刚刚啊，跟吴老汉了解了一下基本情况，扯了个初步，他愿意领着大家一起去落实情况。"

支书应着："行！那咱们就动身走，去枫树坳现场看看。那吴大伯，你招呼大家，一起过去。"

小溪边、山脚上，挖机顺着山势开出的公路的雏形，散发着泥土的芳香，村长站在山坡上，村长手拿着图纸跟施工技术人员正在那比划着什么。前边山头上围着一群人，有的手里拿着锄头、有的握着扁担，呈现着剑拔弩张的气氛。

见村支书领着村里的一帮人，到了挖机旁，山上的人也"呼啦啦"地往山下赶来，有人扯着脖子喊道："前面的祖山坟地不能修路，会坏了我们枫树坳的风水、坏了龙脉。要修，你们走后山绕过去，或者走溪边架桥过去。"

吴老汉登到高处嚷道："大家都静静，别说话！支书和驻村工作队的领导就是来跟大家商量这个事的。大家伙，先把哪棺坟是你家的先人，到我这登记一下，然后再商量怎么弄这个事。大家伙看有意见吗？"

有人出头高喊道："我们不要钱，让那路从溪边上绕过去。张老汉家的房子不是都拆了吗？沿着溪边也能绕到坳里。"

村长爬到了挖机上反驳道："你这话说得不在理上，沿着溪边走，七拐八拐，设计方已经勘察过很多次了，土质疏松，修筑成本高，投入大，再说啊，一发山洪，早年的石板路都淹了。咱们这啊，是连组村级公路，上级拨不了那么多钱，我们这路还得为大家修，所以说啊，还希望父老乡亲们多支持才行。"

何丰华也爬上了挖机，说道："乡亲们！要致富先修路、连万家连万户，这个口号都喊了几十年了，我们霞染村也只剩下咱们枫树坳最后5公里没有联通了。过去的事，我在这里也不提、也不怪谁、不怨谁。但是今天，我当着大伙的面表个态，这路是一定要修的，我和村长刚刚跟吴老伯碰了个头，商量了一下，统一了思想。这坟山里埋的都是我们一些老人，我建议啊，咱们选个日子，村里面组织一次公祭，看哪些因修路要移动的，商量一下移坟的费用。就请大家帮忙移了，再另选一块风水宝地葬。我在这给大家做个保证，能不移的坚决不移，可不移的一定不移。你们看好不好？"

"那移坟的钱谁出？"

"这个，要等村支两委会议上定了再说。因为这个东西啊，没有一个尺码，各地的标准不统一，我们霞染村底子薄、基础设施建设投入大，为我们广大村民要办的事还很多，还望大家多理解、多支持。但无论如何，都会和大家商量的同时，挤出点钱来，安置好我们已故的亲人！"

这一番感人肺腑的话，让所有的村民都安静了下来。

枫树坳最后五公里

枫树坳最后五公里

"那我们就选吴老汉做代表,跟村里面商量这个事,等有了结果,你们再挖土。"

村支书应着,"咱们下午就开村支两委会。请吴老汉代表咱们枫树坳列席参加。"

四十

正月十五,霞染村华灯初上的时候,玉盘圆月,高高地挂在夜空上。月影下,每个角落都响起来大妈们广场舞的音乐,整个村庄都沉浸在音乐的节拍中。小学校操场上张灯结彩,挂着一串串灯谜,孩子们、老人们穿梭其中,不时地有人撕下灯谜,兴高采烈地兑换奖品,好不热闹。

何丰华和联络员小胡,坐在颁奖台上,望着这热闹的人群,感受这元宵节的喜庆气氛。

"何书记!"杨梨花的声音从身后传了过来,"光坐着干吗?你是文化人,咋不猜灯谜啊?"

"猜不着。"

"哎呀!你是不想猜吧,保不齐,你要去猜的话,这奖品就都是你的了。"

小胡在一边"呵呵"地笑道:"这灯谜都是何书记和李老师两个人,亲手写出来挂在上面的。他要是去猜,那点奖品怕是少了。"

何丰华也打趣道:"我不能抢大家的快活,又当裁判员、又当运动员不?"

"我说吧,何书记是文化人。"

李老师接过杨梨花手中的谜条,念道:"诸葛遣计斩魏延,打一成语。

你的谜底是什么？"

"马到成功呀！"

"嗯！答对了，给，这是你的奖品——牙膏。"

杨梨花接过奖品，对着何丰华说道："书记，今天我敢来猜灯谜，还得感谢你咧！"

"不要感谢我，要感谢党的富民政策，你的有机蔬菜应该有收成了吧，六个大棚都扣完了？"

"没有！还有2个，等着村里面的土地流转呢。几户人家不愿意把田直接转给我，他们怕我穷杨梨花付不起租钱。"

"噢，你不用急，过一段时间，村里就会落实、完善你那里的扶贫项目的。村支两委会来做实地考察。"

"何书记，你也得帮我出出点子、想想办法哦。"

"这个不用你说，只要上面有政策，我们都会想方设法对接，帮你们这些专业户的。"

一群人见何丰华与杨梨花在聊天，都围了过来，打着招呼，有的问："书记，今天吃了元宵吗？我家住得近，我去给你端一碗来。"

何丰华笑着道："吃了！吃了！一年一度，穷也好、富也好，元宵总是要吃上几个的，图个吉利。大家伙都吃了吗？"

"吃了！吃了！乡里人家讲究着呢。"

月儿悄悄地爬过了树梢，高高地挂在东山顶上，大妈们也许是跳累了、也许是夜深了，托着那没关的音箱，传来那由远及近的音乐：

在那东山顶上

升起白白的月亮

年轻姑娘的面容

浮现在我的心上……

何丰华随着音乐的声音，仰望着月空，天边的星斗隐隐约约，一朵朵白云挂在远山，夜色中有如牧归的羊群，随着这优美的长调，游荡在这一望无垠的山野间。

小胡见何丰华一直看着夜空，有一句没一句地搭着人们的寒暄，问道："何科长，你累了吧？"

这时他才缓过神来，应着："噢，没有。"

李老师也劝道："何书记，这灯谜也没剩几张了，咱们收摊散了吧。"

"噢，也行，今天这活动弄得挺圆满的。"

四十一

时光老人总是在你不经意间，把四季带走。转眼间，一山的杜鹃花便染红了山冈。

何丰华再一次沿着新修的公路走进吴老汉家时，正值映山红开放的季节。路过刘富强的生猪养殖基地，以往的那一股熏臭不知飘向了何处。村支书指着那一排崭新的猪舍，对何丰华笑道："一个人的惰性是可以更改的，我到至今都没弄明白。你是用什么法子把这个出了名的'懒汉'感化成当下的年出栏生猪千头的养殖大户？"

何丰华看了他一眼，打着"哈哈"道："孔老夫子早就说过，'人之初、性本善'，每一个人内心都有闪光的一面。当遇到挫折时，只要能深入他

的心里，打开心结，就会迸发出无穷无尽的力量。刘富强本身他就不懒，只是没有人扶他罢了，我作为一名党员干部，在他身上，我也只是尽了我应该尽的责任。"

"那我们进他家看看去，了解一下他家的沼气池每天能产多少沼气。村里边也可以拟定一个计划，在每个村组建一个大的沼气池，把气传输到每家每户，就像城里的煤气管道一样，不知道可行不？"

"行可能是行，但是要经过专家论证。比如说，输气过程中的损耗、蒸压、安全设施的达标，我也说不明白了，一系列的问题都需要有个论证。还有就是资金投入。"

"嗬！丰华书记，你懂的可真够多。"

两个人聊着，刘富强家的狗"汪汪"地叫了起来，出来打招呼的是张老四，"支书，你们来啦！快到屋里坐。"

何丰华连忙问："你的安置房不是建好了吗？"

"建好了，建好了！谢谢。我反正是个孤老头子，在家也没啥事，每天我都到这来，帮富强打打招呼。他现在忙了，猪场也离不开人，孩子在外面读书，回来的也少。"

屋里传来了一个女人的声音："四大爷，谁来啦？"

"噢！快出来，村支书、何丰华书记，还有村长他们来了。"

村长望着张老四问道："这是谁呀？"

没等张老四回答，堂屋里走出了一个满脸堆笑的少妇，"哎呀呀呀！稀客！稀客！"

村长一瞧，先是一愣，用手指着那女人惊呼道："罗曼玲！你什么时候又回来了？"

"回来有些日子了。"

"这么多年,你跑哪些地方去了?"

"在外边打工、挣钱呀!"

"不是听说你……"村长欲言又止。

罗曼玲却爽快地替他回答道:"嫁人了是不?哪有!我只是在外面打了七年工,也是帮人家喂猪。只不过那里搞的是机械化饲料喂养。"

"真有你的,7年时间,像人间蒸发了一样,孩子也不要了、丈夫也不管了,你可真够狠心的。"

"哎!不瞒你说,村长,我也不怕大家笑话。不是听村里人告诉我'懒汉'脱了贫,我还真就不回来了。"说完,她就招呼大家:'快,大家屋里坐,富强去省城定喂养设备去了,要过几天才能回来。"

村支书欣慰地对何丰华说道:"看起来,这个贫困户是真正的脱了贫、致了富了。"

联络员小胡拉过村长,"来,咱们到这照张相吧!精准扶贫工作需要痕迹上传,我看,这里的景色是最适宜不过的了。"

村长又叫住罗曼玲:"来,你也凑一个。"

何丰华就打趣道:"来,你也来一个,这张照片的名字就叫'媳妇回家'吧。"

罗曼玲也大方地附和道:"本来就是我家,回家是应该的。"

回来的路上,小胡似乎意犹未尽,对何丰华打趣道:"何科长,我真想不到,精准扶贫还能把人家离家出走的老婆扶回来,还不需要做什么工作,自己能回来,真新鲜。"

支书也掺和进来,道:"过去啊,因为穷,离家出走的媳妇也确实多。现在啊,脱了贫致了富,重新讨媳妇的人家也多,这也许就是改变,思想观念的转变,幸福指数的提高,获得感的提升的具体体现。说到这个罗曼

玲回家啊，你们不知道，我也没和你们说，这也是费了一番周折的，刘富强才重新接纳了她，在农村，自古道：出门门槛低，进门门槛高。半个月前，妇联主任带着哭哭啼啼的罗曼玲找到我家里，说要回村，刘富强死活都不同意，要我帮着说和说和。我找到刘富强，你们猜他怎么说？'过去嫌我穷，孩子都不要，跟着别人跑出去享清福了，这会看我兜里有几个钱了，又想回来享清福？门都没有。'还是宝庆媳妇她娘出来说是按旧礼俗，看刘富强能接受不。"

村长好奇地问："我咋没听说有啥旧礼俗。"

"我也是这回才听说的。"

"那你快说说，咱们也见识一回，以后遇到这种情况，也好知道咋办。"

"我归拢了一下，也没啥，就是要走出去的媳妇回来安心过日子，不再胡思乱想。那天，宝庆媳妇她娘弄了一个火盆，烧了一盆红红的木炭火，放在堂屋门口，要罗曼玲迈过去，一直把她送到床上，脱了衣服睡下，说是把晦气都挡在门外了。后面的话，我不说你们都知道咋回事了。'懒汉'久旱逢甘霖，还能不让他媳妇回来？"

大家伙一听，都哈哈地笑着，"有理！有理！"

何丰华也打着哈哈笑道："你还别说，宝庆媳妇她娘这心理学，学得还真到位。"

四十二

"小胡啊，今天回去你要跟扶贫专干仔细地计划一下，按照上级的部署，对原有的一百四十八户贫困户以及建档立卡户要进行一次大回访，为六月份的验收做准备。我明天回县里向局领导做汇报。支书,你看这个安排可以吗?"

"嗯,很好。我们村支两委也把人做一个分工,尽力配合这项工作。"

"那咱们就这么定了?"

"噢,这次回访期间要一定注意两不愁三保障是否都做到了,这可是提高人民群众满意度的先决条件。"

小胡自信地说道:"这个啊,应该不会有差池。"

何丰华立马认真地说道:"这个问题是检验是不是真正脱贫的试金石和分水岭。习总书记曾多次深入调研'两不愁三保障'的落地情况,所以啊,在这个关键节点上马虎不得,更不能掉以轻心。"

小胡连忙点了点头:"那我们就把这个作为这次工作的重点。"

一帮人一边走着聊着。刚刚还是艳阳高照,风和日丽,一场急雨噼里啪啦地下了起来,淋得大家猝不及防。小胡立马脱下上衣罩在头上,喊了大家快找个地方避避雨才好。何丰华却拉着村长说:"快跑,避雨去。"

支书跑到老樟树下,"先在这儿避一会儿吧。"何丰华望了一眼天,乌云密布,说道:"反正湿了,还是赶快往回跑吧,这大树底下避雨,到底还是不安全。"

几个湿漉漉的人闯进了村委会,会计陈老四取笑道:"这就是你们的不对了。常言道:'饱带干粮,晴带雨伞。'特别是咱们这山区,刮风下雨啊,喜怒无常。都快换换衣服,我把田嫂喊来给你们煮姜汤喝。"

何丰华打着喷嚏,用毛巾擦那湿透了的头发,说道:"不用去喊,不用去喊。厨房里有姜,我们自己煮就行了。这大雨天的,人家过来也不方便。"

换好了衣服,他就喊了小胡:"别忘了我交代的事情,分好组,衔接村支两委。局长说派车过来接我。"

坐在小吴的车上，何丰华一个劲儿地打喷嚏，擦着鼻子，身上不停地冒着虚汗。司机小吴侧过头来扫了他一眼，"何科长，淋雨了吧？那我先把你送回家吧。"

"没关系，先送我去局里吧。"下车到了局门口，何丰华没走几步就捂着肚子蹲了下去。

小吴一看，立马跑下车，扶住他问："怎么了？"

"噢，我肚子疼得厉害。"

"那我把你扶车上，赶快去医院吧。"何丰华因为剧烈的疼痛已陷入了昏迷状态，急诊室里，一大帮医生忙碌着，围着他做着各种检查。何丰华戴着氧气面罩，身上挂满了线，仪器里传来心跳的脉搏声。

妻子和女儿在门外焦急地等待着，不时地问着从霞染村赶来的支书和村长："今天你们走了很远的路吗？"

村长点着头，"嗯，走了至少五公里，主要的诱因是淋了一场急雨。"

"你们没有车过去吗？"

村长有些不好意思地说道："村里面哪来的小汽车，我们平时下乡检查工作都是靠两条腿走路。"

"唉，他这个人呐，就是玩命。上一次，我叫他看了结果再下去，死犟着不听，病越拖越严重，可怎么是好？"妻子一边诉说着，眼泪一边噼里啪啦地掉。

何丰华住进重症监护室的消息不胫而走。杨梨花第二天一大早就提着一篮通红的西红柿风风火火地找到了医院。寻到病房外，一打听重症监护室不准探视，便扑通一下跪在了门口，嘴里念念有词："老天爷啊，你可要睁睁眼，何书记可是个大好人呐！"一边流泪一边诉说着。

何丰华的妻子闻讯赶了过来，一把扶起杨梨花，两个人哭作了一团，病房外人越聚越多。霞染村的老少爷们都来了，支书来了，村长来了，"懒汉"来了，王老六也来了……他们都是带着一颗感恩的心来的。

有的提着一筐鸡蛋；有的抱着一只老母鸡；有的提着一篮水果。稻花鱼养殖合作社提着一桶活泼乱跳的稻花鱼递到何丰华妻子的手上，强忍着泪水说道："这鱼，月婆子都是可以吃的，没有一点污染，收下吧。等何书记出来，你炖点汤给他补补身子。"

苏醒过来的何丰华刚转入普通病房，就拉着妻子的手，"我怎么会在这里啊？"

妻子苦笑道："你都在这里住了快三天了。"

"啊？快三天了？难怪我一直在做梦，那一山的中秋酥脆枣，红红的，特别好看，我还亲手摘了一颗放在嘴里吃了，嚼着嚼着，我就醒了。真的，等我好一点，你能陪我去看看么？"

"先治病吧。你都这样了，还记挂着那一山的枣呢？你累不累啊？你也让家里人省省心吧。"

主治医生带着护士走了进来，对妻子轻声地说道："鉴于患者的病情复杂，县医院的基础条件有限，我们初步诊断为深度弥漫性大B细胞淋巴瘤IV期，建议转入省城大医院继续确诊治疗，征求家属的意见。"

妻子一听，"只要能治好他的病，转！"

"那我们就与省城对接了，给你联系床位。在这里再稳定一下就转过去。"

何丰华再一次拉住妻子的手，"这去省城还不知道能不能回来。明天我跟局长要车，你陪我再去一次霞染村吧，把有些工作交代一下。"

妻子见他如此固执，一气之下拨通了张局长的电话，带着哭腔说道："张局长，你快来劝劝我家老何吧。都病成这样了他还要去霞染村，都跟我央

求了一下午了。"

"好,我就来。"

四十三

工会主席杨小柳捧着一大束百合花,张局长提着一篮水果,稽查科的同事们一道走到了何丰华的病床前。何丰华连声道谢,张局长脸一沉,深情地握着何丰华的手问道:"老何啊,都病成这样了,你还要去霞染村?你怎么去啊?你受得了吗?"

"局长,我挺得住,受得了。我在那里奋斗了两年,前天夜里我还吃了那里的中秋酥脆枣呢。按理说,这会儿它应该开花了。"

妻子立马插话道:"你要是想吃枣,我立马去帮你买还不行吗?"

杨小柳拉过何丰华的妻子,劝道:"嫂子,你叫他们再聊会儿。有时候,男人的心思啊,我们女人是猜不到的。"

妻子一边随着杨小柳往外走,一边回头抛下一句:"你都病成那样了还想着那精准扶贫?你就不想想老婆孩子吗?"

何丰华抓着张局长的手久久不肯松开,"局长,过两天我就要转院去省城了,我心里明白吉凶未卜。趁着我这会儿精神状态和身体都还好,我求你陪我去一次霞染村。"

"那我先去问问医生。"

"好,我等着。"

张局长走出了病房。其他人都围在何丰华的病床边上,听着他跟局长的对话,泪流满面。何丰华却强打着笑颜劝着大家:"你们这是怎么了?"

又伸出那只没有打点滴的手，攥起拳头用力一挥，"朋友们，你们看，我的身体棒棒的！咱行伍出身，摸爬滚打惯了，没那么娇气。"

何丰华在医生与张局长、妻子的陪伴下早早地启程，赶到了霞染村。

张局长说："通知村支书吧。"

何丰华说："不用。"

"那通知村长吧？"

"也不用，我只是想到中秋酥脆枣基地里看看，因为那是我在这里精准扶贫两年来投入最大的一个项目，我只要看到它开了花，就放心了。"

医生忙问："那离这里远吗？要爬高山吗？车可以开过去吗？"

何丰华稍稍喘了口气儿："可以，路是通的。山虽然很高，坡也很陡。"

"爬山你肯定是不行的，站在公路上看得到吗？"

"看得到，只是稍远了点。"

妻子立马插话道："那我们就在公路上看一眼好不好？"

说着，小吴喊了句："那大家都坐稳了，我打了电话给小胡，让他们到基地山脚下等着我们，我们到那儿看一下就走。"

医生也说道："对，看一下就走。"

当车开到了山脚下时，一大群人已早早地等候在那里了。他们是听联络员小胡说，何丰华书记带病要来看酥脆枣基地，自发而来的村民们，村支两委的干部们都等在这里。

车子一到，没等何丰华下车，大家就把车子围了个水泄不通。小吴把车窗玻璃放了下来，一只只温暖的手伸向了何丰华，他们紧紧地握着何丰华的手，久久地不愿意松开。

妻子下车拉了村长道："这枣树开花了吗？"

"开了。"

"那就好,那就好。我们家老何啊,做梦都想着这枣子呢。那你跟他说一声算了,他身体不好,没有一点力气,爬上去看肯定是不行的。"

"好,你等着。"

不一会儿工夫,两三个人抬着一棵拳头般粗的枣树到了车前,"何书记,你看,这一树的中秋酥脆枣花啊,山上的都跟它一样开满了枝头。"

何丰华的第一反应是:"唉,多可惜了,你们把它挖来干吗?我上去看看多好啊。"

村支书连忙含着眼泪说道:"老何,不碍事的。我马上就让人把它栽回去,它能活。两年的苗,根浅。"

何丰华连连拱手:"谢谢,谢谢大家。"

医生见他如此虚弱的神态,跟张局长说:"咱们赶快走吧,回医院,救护车等着去省城呢。"

小吴把车掉了头。支书一边,村长一边,把围着的人都拦在了路边。

何丰华隔着窗户向众人摇了摇手。村支书在车后面追赶了几步,喘着粗气,心里默默吟道王维的《送元二使安西》:

渭城朝雨浥轻尘,客舍青青柳色新。

劝君更尽一杯酒,西出阳关无故人。

收笔于 2019 年 4 月 18 日

后　记

《第一书记》在江西人民出版社的大力支持下，即将出版面向广大读者。在此，我还有很多的话想说，我要告诉我的读者们，我笔下的主人公——何丰华，是真正驻霞染村扶贫的"第一书记"。

我是认真读了他的先进事迹后，深深地被他那实实在在为广大贫困户做实事的务实精神所感动。在他身上真正地体现了一名共产党员的不忘初心，在精准扶贫工作中攻坚克难，一心想着人民群众，用他的实际行动践行了社会主义核心价值观。

他就是我们千千万万个在精准扶贫攻坚战中，涌现出来的千百个共产党员的先进代表。

他们肩负着习近平总书记的嘱托，驻村入户，带着党的温暖，扛起行装、带着脱贫的良方，深入基层，访千家、问疾苦、把脉搏、找原因、克难关，把一村村、一户户贫困群众帮扶上了致富路。把党的关怀、党的温暖实实在在地送到广大贫困群众的怀里，用他们能扛起一个国、一个省、一个市、一个县、一个区、一个镇、一个大型国企、一个社会团体、一个上市企业，共产党人巨人般的肩膀，扛起了精准扶贫的大旗，吹响了精准扶贫、攻坚克难的冲锋号。

主人公何丰华就是他们当中的一员，在霞染村的精准扶贫工作中攻坚克难、勇于担当，创下了惊人的业绩。病了，他仍然心挂霞染村；病重了，仍然牵挂的是中秋酥脆枣是否开了花。就是这样一个共产党员，让我经常含着泪，记录下发生在他们身上的那一桩桩、一件件感人肺腑的事例。这，就是我创作《第一书记》的原动力。

各行各业成千上万走上精准扶贫第一线的"第一书记"们是一个英雄的群体，我们除了感动，还要把这种时代精神发扬光大，我们大家去讴歌你们、学习你们，并体现在各行各业中，为实现中华民族伟大复兴的中国梦助力加油。

《第一书记》在创作的过程中，受到了社会各界的广泛关注。在此，我特别要感谢的是江西人民出版社吴艺文先生的大力支持、策划与指导。

同时，对为《第一书记》创作过程中付出辛劳的段志东先生、刘国良先生、姜永红先生、李振兴先生、潘瑞祥先生、游涛先生、吴璘先生、谢兆华先生、周本海先生、肖体长先生、王修文先生、潘伟峰先生、陈欣荣先生、陈晓连女士、刘婷园女士、刘玉兰女士、黄卉女士、曾飘逸女士、潘蕊女士以及在走访深入生活过程中，为创作《第一书记》提供素材的各界朋友们，在此，一并致以诚挚的谢意！

照云

2019 年 4 月 19 日